Bruno Paulot

Ein gewagter Coup

Zu diesem Buch

Hauptkommissar Burgstaller soll sich von einer Schussverletzung erholen, doch der ehrgeizige Polizeipräsident macht dem angeschlagenen Burgstaller einen Strich durch die Rechnung. Er setzt ihn auf den Fall des mysteriösen Suizids von Architekt Boländer an. Dessen Freitod lässt die Mitbewohner des kleinen pfälzischen Weindorfs ins Grübeln geraten.

Als nur ein paar Tage später ein mit Boländer befreundeter Bauunternehmer in Frankreich ermordet aufgefunden wird, mehren sich die Indizien, dass beide Fälle mit dem Verschwinden des Notars Mayer-Hambach im Zusammenhang stehen könnten. Schnell finden Burgstaller und sein Team heraus, dass der Notar sich mit über acht Millionen Euro Fremdgeld nach Argentinien abgesetzt hat. Die Frage, woher die Millionen stammen, führt die Ermittler zu einer italienischen Bank, von der aus das Geld auf Mayer-Hambachs Treuhänderkonto überwiesen worden war. Wer aber hat die Überweisung getätigt? Aus welchen Kanälen stammt das Geld? Steckt vielleicht eine mafiöse Vereinigung dahinter?

Der Autor

Bruno Paulot stammt väterlicherseits aus der Pfalz, mütterlicherseits aus Lothringen und dem Saarland. Neben dem Studium der Psychologie studierte er Sprachen und Philosophie. Zahlreiche Publikationen und Vorträge zu den Themen Fotografie, Text und Typografie, daneben belletristische Texte und Veröffentlichungen über Jazz.

BRUNO PAULOT

EIN GEWAGTER COUP

Kommissar Burgstallers zweiter Fall

Ein Pfalz-Krimi

G. BRAUN BUCHVERLAG

eins

»Gut geschlafen?«, flüsterte sie und gab ihm einen Kuss auf die Stirn. »Der Präsident hat angerufen. Ist ja wirklich rührend, wie er sich um dich sorgt. Wie du dich fühlst und wie es dir geht, hat er gefragt, richtig fürsorglich, fast väterlich. Sollst dich gut auskurieren, hat er gesagt. Hörst du? Sollst ja nicht erscheinen, bevor du nicht wieder voll auf'm Damm bist.«

Er nickte und schloss die Augen.

»Frühstück?«

Als hätte er heute Nacht Bäume ausgerissen, so einen Kohldampf hatte er.

Gleich darauf klapperte Geschirr in der Küche und der Duft frisch aufgebrühten Kaffees machte sich auf den Weg ins Schlafzimmer.

Langsam und vorsichtig kroch er aus dem Bett, um nicht die bandagierte Wunde zu belasten, auch wenn er nur noch ein leichtes Ziehen verspürte.

Er ging ins Bad und dachte mit Vorfreude daran, dass der Arzt ihm morgen den Verband abnehmen würde. Stundenlang wird er sich dann unter die heiße Dusche stellen.

»Herz, was begehrst du«, freute er sich, als er das Frühstück sah – Eier im Glas, gekochter Schinken, Käse, Croissants und knuspriges Baguette.

Er reckte den Daumen und strahlte sie an.
In diesem Augenblick summte sein Handy.
»Soll ich?«
»Geh nur dran«, erwiderte er.
»Grüß dich, Gustl. Du möchtest meinen lädierten Gatten besichtigen?« Sie sah Pierre fragend an.
Er nickte, während er das Croissant in den Kaffee tunkte.
»Ja, gern, Pierre wird sich freuen ... Bis dann.« Sie legte das Telefon zur Seite. »Gustl macht sich auf den Weg. Sag mal, der ist doch a. D.?«
»Seit letzter Woche, glaube ich.«
»Nett, dass er an dich denkt.«
»Mmh«, brummte er abwesend und schob sich ein Stück Käse in den Mund.

Als eine Wagentür zuschlug, ging sie ans Fenster.
»Das nenne ich standesgemäß!«
»Gustl?«
»Im Streifenwagen. Und lumpen lässt er sich auch nicht.«
Sie verließ das Zimmer und öffnete die Haustür.

Als hielte er ein Baby in den Armen, kam Gustl Drenkmann mit einem Karton Wein ins Wohnzimmer und stellte ihn auf dem Stuhl neben der Kredenz ab.
»Guck mal da, der Kollege Burgstaller. Sieht ja schon wieder ganz erholt aus.«
»Bei der Pflege ...«

»Jetzt erzähl doch mal, wie das passiert ist. Im Präsidium kursieren nämlich die wildesten Gerüchte.«

Er wusste es ja selbst nicht so genau. Nur noch an den Moment, als er die Pistole gezogen hatte, konnte er sich erinnern. Was danach geschehen war, war weg, einfach weg. Dass er diesem Dreckskerl in die Schulter geschossen hatte, haben sie ihm später erzählt. Hätten sie ihm erzählt, dass sein Schuss in die Luft gegangen war, er hätte es nicht widerlegen können.

»Nichts hat darauf hingedeutet, dass der Typ ... und plötzlich, ich hab überhaupt nicht damit gerechnet, hat er ne Kanone in der Hand.«

»Hast aber sauber reagiert. Chapeau!«

»Nicht sauber genug.«

»Und wo?«

»Glatter Durchschuss.« Er deutete auf seinen rechten Schenkel. »Zum Glück keine Nerven verletzt. Aber nur zehn Zentimeter weiter links, und ich hätte mal einen Sack gehabt.«

Maria sah den verdutzt dreinschauenden Gustl Drenkmann an und wiederholte bedächtig nickend: »Nur zehn Zentimeter!«

Drenkmann beeilte sich, das Thema zu wechseln: »Damit ihr's wisst, der Wein ist vom Alten. Sechs feine Fläschchen, hat er gesagt. Sollst sie dir mit deiner charmanten Gattin zu Gemüte führen.«

An Maria hat er den Narren gefressen, der alte Gockel. Ist ja auch verständlich, dachte Pierre nachsichtig, während sein Blick wohlwollend über ihre Hüften glitt.

»Habt ihr eigentlich von dem Fall Boländer gehört? Joachim Boländer?«

»Der Architekt?«, fragte Maria.

»Ja.«

»Erzähl!«

»Am letzten Donnerstag, das war übrigens mein vorletzter Tag im Dienst ...«

»Gratuliere!«, warf Pierre ein.

»Sei nicht zynisch. Am Donnerstag also werde ich gegen zwölf Uhr nach Neustadt in die Klinik gerufen. Man teilt mir mit, dass Boländer zwei Stunden zuvor von seinem Sohn leblos im Bett aufgefunden wurde.«

»Was?«

»Der Hausarzt, den der Sohn sofort verständigte, konnte nur noch feststellen, als er den Puls fühlen wollte, dass sich rein gar nichts mehr regte.«

»Der war doch erst um die fünfzig?«

»Neunundvierzig«, sprach Drenkmann.

»Jesses Maria!«

»Als der Doktor unter dem Federbett eine Spritze entdeckte, war ihm sofort klar – Suizid.«

»Wie furchtbar«, entsetzte sich Maria.

»Daraufhin guckte er sich die Pupillen an und stellte fest – total verengt. Möglicherweise Fentanyl, dachte er sich und ...«

»Fentanyl?«

»Ein synthetisches Opioid, zigfach stärker als Morphium. Er rief sofort den Notarzt an. Der war keine halbe Stunde später da und hat ihm ein Gegenmittel gespritzt, woraufhin Boländer ...«, Drenkmann räusperte sich mehrmals. »Jetzt hab ich doch vor einem Jahr mit dem Rauchen aufgehört, und meine Stimme ist immer noch ...«

»Das braucht Zeit, Gustl«, warf Maria ein. »Erzähl weiter!«

»Jedenfalls ist Boländer gleich danach wieder zu sich gekommen.«

»Er ist wieder zu sich gekommen?«

Drenkmann nickte.

»Er lebt also?«, fragte Maria aufgeregt nach.

»Ja. Sofort haben sie ihn für die weitere Behandlung in die Klinik geschafft. Wie ich hinkomme, sagt mir der Chefarzt, dass er nur auf Grund seiner robusten Konstitution davongekommen ist. Er wäre auch schon bald wieder ansprechbar gewesen. Hast du mal ein Glas Wasser, Maria?«

»Entschuldige, Gustl. Kannst auch ’n Glas Wein haben!«

»Wenn es dir nix ausmacht... beides.«

Drenkmann wartete mit seinen Ausführungen, bis Maria zurück war.

»Weiter, Gustl!«

»Wo waren wir? Suizid! Jetzt hört genau zu! Der Boländer hat dem Chefarzt eine Geschichte erzählt, also ... Man kann es kaum glauben.«

Maria nickte ihm aufmunternd zu.

»Folgendes war passiert: Morgens in aller Frühe, er war noch im Schlafanzug, kommen zwei Männer und stellen sich als Angestellte der Stadtwerke vor. Sie müssten die Gasleitungen überprüfen. Wer denkt sich da schon was dabei? Aber kaum, dass er die Tür geschlossen hat, zieht der eine eine Pistole mit aufgesetztem Schalldämpfer, während der andere ihm befiehlt, sich ins Bett zu legen. Natürlich hatte er keine andere Chance, als dem Folge zu leisten. Jetzt hätte der Wortführer in ruhigem Ton gesagt, er würde ihm eine Spritze mit einem harmlosen Schlafmittel verpassen, damit sie ungestört das Haus ausräumen könnten, in ein, zwei Stunden wäre er wieder voll da, ansonsten ... dabei hätte er wortlos auf den mit der Pistole gezeigt.«

»Das ist ja 'n Ding«, kommentierte Maria Drenkmanns Erzählungen.

»Inzwischen hat Frau Boländer ...«

»Wo war die denn, als das passiert ist?«

»Sie war am Abend zuvor zu ihrer kranken Mutter nach Landau gefahren. Es sieht so aus, als ob die Täter gewußt hätten, dass er allein zuhause war ... Jetzt kommt die nächste Überraschung: Frau Boländer hat festgestellt, dass nichts, aber auch garnichts geklaut worden ist.«

»Auf gut Deutsch: Du stehst mit einem ziemlich kurzen Hemd da«, meldete sich Pierre.

»So isses. Das heißt, wir wissen, dass es ein Mordversuch war. Weshalb, wieso, warum ... das wissen wir nicht. Das einzige, was wir aber ganz sicher wissen, ist, dass Boländer höchst gefährdet ist, schließlich könnte er die beiden Täter identifizieren.«

»Ihr habt ihn aus dem Verkehr gezogen?«

Drenkmann grinste und fuhr fort: »Nach Absprache mit seiner Frau und dem Chefarzt haben wir uns dazu entschieden, ihn in die Rechtsmedizin zu fahren. Dort hat er einen Vollbart verpasst bekommen und ist mit einem gemieteten Auto ab in die Schweiz, wo die Familie im Wallis ein Wochenendhaus besitzt.«

»Gute Nummer«, lobte Burgstaller den Kollegen.

»Klar, dass der Staatsanwalt wieder mal den Bedenkenträger gegeben hat. Kennst ihn ja, von wegen ... da bewegen wir uns aber auf dünnem Eis, meine Herren! Der Alte war natürlich sofort dafür, schon weil ihm das den Einsatz einiger Beamter erspart hat. Wir hätten den doch Tag und Nacht bewachen müssen.«

»Und weiter?«, knurrte Pierre.

Warum ist er denn immer so ungeduldig, fragte sich Maria und fuhr ihm beschwichtigend übers Haar.

»Um jeden Zweifel an seinem Tod auszuräumen, hat Frau Boländer eine Seebestattung veranlasst. Wir konnten den ja hier nicht beerdigen lassen. Am Montag wird sie sich in einer Zeitungsanzeige für die tröstenden Worte des Pfarrers bedanken.«

»Die offizielle Todesursache ist also Suizid?«, wollte Maria wissen.

»So ist es.«

Pierre presste die Lippen zusammen und sog zischend Luft durch die geblähten Nüstern.

»Jetzt komm endlich zur Sache, Gustl!«

Drenkmann blickte unter sich, als wäre er eben bei einer unanständigen Handlung erwischt worden. Er setzte mehrmals an, sich zu äußern, bis er sich endlich gefasst hatte: »Immerhin, Pierre, du kannst mit der vollen Unterstützung des Alten rechnen. Mit seiner vollen Unterstützung, hat er gesagt! Das ist doch schon mal die halbe Miete, oder?«

»Hab ich ein Glück! Das willst du doch sagen, oder?«

»Tut mir leid, Pierre, aber mir fällt kein anderer ein. Und dem Alten auch nicht.« Entschlossen griff er nach der Aktentasche, die er auf dem Karton abgelegt hatte, öffnete sie und entnahm ihr einen dünnen Ordner, den er Pierre hinhielt. »Hier, Pierre! Hier steht drin, was du wissen musst.«

»Hier steht also drin, was ich wissen muss?«

»Trotzdem beneide ich dich.«

»Ach! Du beneidest mich?«

»Ich würde alles drum geben, diese Hurensöhne vor den Kadi zu bringen.«

»Das haste aber nett gesagt!«

»Jetzt hör auf, Pierre«, erwiderte Drenkmann und erhob sich. »Und lass mal 'nen Laut hören, wenn's was Neues gibt. Ich kann ja auch nichts dafür.« Er klopfte Pierre kameradschaftlich auf die Schulter. »Wenn du glaubst, dass ich dir helfen kann, melde dich.«

»Rührend, wie der Präsident sich um dich kümmert. Fürsorglich, fast väterlich«, parodierte er Maria. »Wirklich rührend.«

»Ist aber doch ein interessanter Fall, oder?«

»Und wie großzügig von meinem Präsidenten, sechs Fläschchen vom Feinsten, für mich und meine charmante Gattin.«

Sie war froh, dass das Telefon sich meldete.

»Grüß dich, Heinz. Meinen Mann möchtest du besuchen? Ich glaube, der ist heute ...«

»Soll kommen!«, brummte er.

»Pierre sagt gerade, dass er sich freuen wird, wenn du ihn besuchst. Bis dann.«

Sie wandte sich Pierre zu:

»Er macht sich auf den Weg.«

Wortlos griff er nach dem Ordner und begann zu lesen, während Maria sich an ihrem Laptop zu schaffen machte.

»Da steht nichts anderes drin, als das, was Gustl von sich gegeben hat ... Und ich sollte noch eine Reha machen ...!«

»Was du sowieso nicht gemacht hättest.«

»Trotzdem!«

»Dann sag ihm halt, dass du noch nicht so weit bist.«

Er brummelte etwas vor sich hin und klappte den Ordner zu.

Keine halbe Stunde später war Heinz Dressler da.

Pierre schilderte dem Kollegen in allen Einzelheiten den Fall.

»Da haste dir aber ein Ding geangelt«, entfuhr es Dressler. »Mahlzeit!«

»Wir!«

»Was heißt das ... wir?«

»Denk mal nach.«

»Mahlzeit!«

»Haste schon mal gesagt.«

Immer, wenn er Dressler eine Zeitlang nicht gesehen hatte, musste er sich an dessen Brille gewöhnen, ein schwarzes, kreisrundes Kassengestell, das er sich wahrscheinlich im Dutzend gekauft hatte. Keiner, auch die, die ihn schon als jungen Kommissar kannten, hatte ihn je mit einer anderen Brille gesehen. Sie gab ihm, vielleicht wollte er das ja, ein buchhalterisches Aussehen. Dabei war er eine recht gute Erscheinung, wenn man von seinen Haaren absah, die ihm seine Gerda monatlich aufs Neue vergrotzte. Als hätte er selbst Hand angelegt, endeten sie an der rechten Seite knapp oberhalb des Ohrs, während sie an der linken Seite einen Fingerbreit über das Ohr hingen. Dachte er scharf nach, petzte er die Augen zusammen und zog die Backen hoch, mit dem Effekt, dass das rechte Ohr an die Haarspitzen stieß, was ihn sogleich veranlasste, sich an der Stelle zu kratzen. Das schien ihn aber nicht zu stören. Dressler liebte halt seine Gerda. Und seinen Beruf liebte er auch. Er war mit seinem Leben rundum zufrieden.

»Glaubst du denn, die Täter sind noch in der Gegend?«

»Vielleicht sind sie in Castrop-Rauxel, in Wanne-Eickel oder in Bockrum oder Hettrum oder an sonst einem schönen Ort? Wer weiß?«, antwortete Pierre gereizt.

Warum immer er? Nur weil er beim Alten einen Stein im Brett hat, und der Alte mal wieder einen spektakulären Fall braucht, damit ja nicht in Vergessenheit gerät, wer die Lichtgestalt der Pfälzer Verbrechensbekämpfung ist, nämlich er – der Herr Polizeipräsident Hans P. Olbrich. Nur deshalb hat er ihm diesen Fall aufs Auge gedrückt.

»Wir sollten Steffen mit ins Boot holen. Ich bin ja sein Bärenführer, und der Fall Oster hat doch gezeigt, dass er gut zu uns passt, oder?«

»Finde ich auch. Meinst du, der Alte ...«

»Der Alte unterstützt uns hundertprozentig. Übrigens«, Pierre griff blind in den Weinkarton und nahm zwei Flaschen heraus, »kannst dir schon mal mit deiner charmanten Gattin ein Schlückchen zu Gemüte führen.«

»Oh, vielen Dank, Pierre.«

Dressler war ganz überrascht, weniger über den Wein, als über das unerwartete Kompliment für seine Gerda.

»Hier! Nimm den Ordner mit. Da steht alles drin.«

»Wart's ab, heute Mittag wird der Alte anrufen.«

»Meinst du?«

»Wenn der Gustl ihn informiert hat, hält er noch zwei, drei Stunden Schamfrist ein und dann ...« unterbrach ihn das Telefon.

Sie schaute auf das Display und grinste vielsagend.

»Ich will jetzt nicht«, lamentierte er.

»Und was soll ich ihm sagen?«

»Sag ihm, dass sie mir gerade das Bein amputieren.«

Kopfschüttelnd nahm sie das Handy ans Ohr.

»Sie, Herr Präsident ... Aber ich bitte Sie«, flötete sie. »Mein Mann freut sich doch. Ich gebe Sie weiter, Herr Präsident.« Mit einem koketten Augenklimpern reichte sie Pierre das Telefon: »Der Herr Präsident.«

»Herr Kollege, Ihre Gattin hat mich ja schon informiert, dass es Ihnen mittlerweile besser geht.« Schnell schob er nach: »Den Umständen entsprechend, meine ich, den Umständen entsprechend.«

Herr Kollege ... wenn ich das schon höre!

»Das Laufen macht noch Schwierigkeiten.«

»Zum Glück sind Sie ja Kopfarbeiter«, entgegnete der Präsident, unterfüttert von einem einnehmenden *Hahaha*.

Mal gespannt, wie lange die Katze noch um den heißen Brei schleicht.

»Gerade hat mir der Kollege Drenkmann berichtet, dass er Sie über die Causa Boländer informiert hat. Da staunt doch selbst ein alter Hase wie Sie, nicht wahr?« Nach einer kleinen Pause fuhr er fort: »Jammerschade, dass ich Sie da nicht einsetzen kann. Wirklich schade! Tja ...« Er atmete tief durch und schob ein deprimiertes »Jammerschade« nach.

Burgstaller war jetzt klar, dass der Alte nie nachgeben würde. Spätestens, wenn er den Krückstock nicht mehr brauchte – eigentlich brauchte er ihn ja schon seit ein paar Tagen nicht mehr –, würde er ihm den Fall aufdrücken. Also, wenn schon, dann hole halt raus, was rauszuholen ist, sagte er sich, und gab ein hoffnungsfrohes »Na ja« von sich.

Der Präsident war sofort munter: »Ich würde Sie nie zu etwas drängen, das wissen Sie. Nur Sie allein sollen entscheiden, wann Sie wieder in vollem Umfang dienstfähig sind. Nur Sie!«

»Das geht schon, Herr Präsident. Allerdings ...«

»Nein, nein, nein! Erst wenn Sie wieder voll auf dem Damm sind, Herr Burgstaller, erst dann!«

Jetzt hör auf mit dieser Komödie, von wegen Fürsorgepflicht des Dienstvorgesetzten.

»Es wäre natürlich erleichternd für mich«, fuhr Burgstaller fort, »wenn ich von Freynheim aus ...«

»Aber ich bitte Sie, lieber Kollege, wir leben doch im Zeitalter der digitalen Verknüpfung! Warum sollten Sie denn nicht von Ihrem Wochenendhaus den Fall ermitteln? Wenn es nur das ist, Herr Burgstaller?«

Das sagt dieser Typ, der sich seit Jahren standhaft weigert,einen Rechner auf seinem Schreibtisch zu dulden. Nicht einmal die verführerischsten Schalmeientöne seiner Vorzimmerdame, die versprochen hatte, ihm in ein, zwei Stunden das Allernotwendigste beizubringen, haben ihn dazu bewegen können. Am liebsten wäre dem doch die Rückkehr zur Rohrpost.

»Sie wissen ja: Sie hätten meine vollste Unterstützung. Ich würde der Inspektionsleitung diesbezügliche Anweisungen geben, wenn Sie ... aber nur, wenn Sie wirklich fit sind, Herr Burgstaller. Mit einer Schussverletzung sollte man nicht spaßen!«

»Das geht schon in Ordnung. Glauben Sie mir.«

»Wenn dem so ist ...?« Der Präsident atmete tief durch. »Haben Sie denn schon darüber nachgedacht, wen ich Ihnen als zusätzliche Ermittler zur Seite stellen könnte? Ich vermute mal, den Kollegen Dressler, oder?«

»Und Kommissar Steffen Sander.«

»Einverstanden. Sie sind ja sein Mentor.«

»Hast dich nicht mal für den Wein bedankt«, rügte ihn Maria.

»Das hätte noch gefehlt!«

Nach einer Weile meinte er: »Was hältst du davon, wenn wir beide uns jetzt zum Lawall verfrachten? Ich würde gerne mal wieder in einer Wirtschaft sitzen.«

»Ja schaffst du das denn?«

»Hast doch gehört, dass ich wieder dienstfähig bin.«

»Einverstanden. Aber wir laufen nicht, wir fahren. Klar?«

»Du fährst, ja?« Aber nicht wegen meiner Verletzung, sondern weil ich mir heute dermaßen einen hinter die Binde gießen werde.

Er nahm demonstrativ seinen Krückstock und ging voraus.

Maria, die dabei war, sich noch schnell die Haare zu richten, wurde vom Summen des Telefons unterbrochen.

»Grüß dich, Steffen ... wir sind gerade auf dem Weg zum Lawall ... Ja, natürlich! Pierre wird sich bestimmt freuen. Bis gleich.«

Burgstaller wollte gerade die Tür zur Straußwirtschaft öffnen, als ihnen eine Schar Kinder mit ihren zwei Betreuerinnen entgegenkamen. Der Bub, der die Truppe anführte, einer von der ganz kecken Sorte, stellte sich Burgstaller vor: »Ich heiße Benedikt. Und du?«

Burgstaller antwortete amüsiert: »Ich heiße Pierre.«

»Der heißt Bär«, rief der Kleine und drehte sich zu den anderen um. »Habt ihr gehört? Der heißt Bär!« Und alle deuteten auf Burgstaller und brüllten: »Zu Hilfe, zu Hilfe, ein Bär!«

»Bär, Bär, Bär ...«, prasselte es auf ihn ein.

Als sie längst im Schankraum waren, hörte man sie noch immer »Bär!« schreien.

»Jetzt lach doch mal. Pierre!«

»Nein, danke, ich hab heute schon gelacht.«

»Bonjour Monsieur, bonjour Madame. Sie glauben ja gar nicht, Herr Kommissar«, der Wirt deutete auf Burgstallers Krückstock, »wie erschrocken wir waren, als wir von Ihrem Unfall ... von Ihrem Verbrechen ... von dem Verbrechen an Ihnen gehört haben.«

Burgstaller winkte ab.

»Ist schon wieder in Ordnung.«

»Na, jetzt untertreiben Sie aber. Ein Schuss ... ich stell mir das furchtbar vor.«

»Haben Sie denn einen Platz für uns?«

Schließlich war er hier, um einen ordentlichen Schoppen zu trinken und nicht, um sich dieses scheinheilige Geschwätz anhören zu müssen.

Einen kurzen Augenblick lang überlegte Lawall, dann nahm er das Réservé-Schild von dem kleinen Vierertisch, der als einziger noch frei war.

»Nehmen Sie Platz!«

Als er sah, dass Maria zögerte, zog er zwei Stühle heran und wiederholte mit Entschiedenheit: »Nehmen Sie Platz, s'il vous plaît!«

»Jetzt setz dich halt«, sprach Pierre und lehnte seinen Krückstock gegen den Tisch.

»Ein Piffchen Silvaner, bitte.«

»Sehr wohl, Madame.«

»Und ich einen Schoppen Weißburgunder.«

»Merci.«

Und schon eilte er davon.

»Duddswidd, duddswidd!«, spornte er den treuen Hans

an, der schon seit vielen Jahren, wenn Not am Mann war, hinter dem Tresen aushalf.

Immer, wenn der Laden brummte, ließ Lawall den Franzosen raus. Mancher Gast, der das erste Mal hier war, hatte ihm schon auf Französisch geantwortet, in der Annahme, einen richtigen Franzmann vor sich zu haben. Sprechen Sie ruhig deutsch, wir sind hier in der Pfalz, hat er dann bescheiden erwidert. Denn mit seinem Französisch war es in Wahrheit nicht allzu weit her.

Kaum hatten sie Platz genommen, als Steffen erschien. Strahlend kam er auf Pierre zu.

»Mensch, Chef! Siehst aber wieder fit aus. Grüß Dich, Maria.«

Maria gab ihm rechts und links ein Küsschen auf die Wange.

»Monsieur«, begrüßte Lawall den Neuankömmling, und stellte Pierre das Dubbeglas hin und Maria ihr Piffchen Silvaner. »A votre santé.«

»Für mich bitte eine Apfelsaftschorle.«

»Und nun hör zu, Steffen!«

Pierre schlug sein blaues Büchlein auf, in das er die wichtigsten Daten eingetragen hatte, und schilderte ihm detailliert den neuen Fall. Das empfand er nie als mühevoll oder lästig, im Gegenteil, durch die Wiederholung setzten sich die Daten in seinem Gedächtnis fest. Informationen, die dazukamen, ordneten sich dann wie von selbst in die Leerstellen ein.

»Sag mal Chef ...«

Burgstaller warf ihm einen vorwurfsvollen Blick zu.

»Entschuldigung, Pierre, ich muss mich noch daran gewöhnen. Kann ich denn schon was tun?«

»Ja. Du wirst jetzt mit mir einen Weißburgunder auf gutes Gelingen trinken. Du ein Piffchen und ich noch einen Schoppen.«

zwei

Am nächsten Morgen rief Burgstaller Frau Boländer an, er wolle sie in der nächsten Stunde aufsuchen.

Gegen 10 Uhr erschien Steffen, um ihn abzuholen.

»Ich fahre«, sagte Burgstaller, der es satt hatte, den Invaliden zu geben. »Ich muss mich wieder an das normale Leben gewöhnen.«

Auf der Fahrt meinte Steffen: »Hast du irgendeinen Anhaltspunkt?«

»Nicht die Bohne. Das ist der schwerste Fall, den ich je hatte. Das kannst du mir glauben.«

Steffen nickte ihm verständnisvoll zu. Von Heinz Dressler wusste er, dass Burgstaller bei jedem neuen Fall davon überzeugt war, nie einen schwereren Fall gehabt zu haben. Das braucht er, hatte Dressler gesagt, das bringt ihn in Fahrt.

»Was macht das Bein?«

»Am Nachmittag kommt der Verband ab.«

»Dann Schluss mit der Krücke?«

»Die brauche ich schon die ganze Zeit nicht mehr.«

Steffen musste lachen.

»Und warum benutzt du sie dann?«

»Frag Maria«, brummte er.

Er bog in die Straße ein und parkte vor der Nummer 11.

Es war ein zweigeschossiges Haus mit einem kleinen Vorgarten. Am Postkasten war ein Kleber angebracht: *Nachbarschaftshilfe! Wir passen auf!* Hat auch nichts genutzt, dachte Burgstaller und läutete.

Gleich darauf summte der Öffner. Steffen drückte gegen die eisengeschmiedete, rostige Tür, die wundersamerweise nicht quietschte, wie man hätte vermuten können, sondern gut geölt wie von selbst aufging. Er hatte sie noch nicht hinter sich geschlossen, als eine Frau die Haustür öffnete.

»Sind Sie …?«

»Und mein Kollege Kommissar Sander.«

Eine adrette Erscheinung, Anfang 40, mit veilchenblauen Augen, die durch ihr pechschwarzes Haar besonders zur Geltung kamen. Trotz ihres weiten, geblümten Kleids ließ sich nicht verbergen, dass sie gut beieinander war.

Sie führte die beiden Ermittler in ein großräumiges Wohnzimmer, das den Eindruck erweckte, es würde darauf warten, für Europas größte Wohnzeitschrift abgelichtet zu werden. Nichts, aber auch nichts störte die Ordnung, alles war an seinem Platz. Ganz wie man sich die Wohnung eines Architekten vorstellt, dachte Burgstaller – von Dieter Rams die Regalwand 606, vollgeladen mit dickleibigen Bänden, davor der Dining Table von Le Corbusier, auf dem Wilhelm Wagenfelds Fürstenbergschale wie ein Museumsstück thronte; an der linken Wand ein Kunstdruck von Paul Klee, aufregend wie sein Geburtsort Münchenbuchsee, und, in gebührendem Abstand daneben, ein Vasarely; darunter zwei Barcelona-Sessel von Mies van der Rohe, und gegenüber des Flachbildschirms, Marke Bang & Olufsen, der Wassily-Sessel von Marcel Breuer. Da fehlt nur noch der Hinweis *Berühren verboten!*, dachte Burgstaller. Aber er fühlte sich wohl. Das Ambiente gefiel ihm, weil es ihn zum Widerspruch reizte, und Frau Boländer wirkte offen und sympathisch.

»Darf ich Ihnen einen Kaffee anbieten?«

Fragend sah er Steffen an, der ihm zunickte.

»Gerne, wenn es Ihnen keine Mühe macht?«

»Ich bitte Sie, Herr Kommissar…!« Sie stand auf und ging in die Küche.

»Zucker? Milch?«, rief sie.

»Nein, danke.«

Gleich darauf kam sie mit Tassen und einer Warmhaltekanne zurück.

Seit es diese Dinger bei jedem Discounter für ein paar Euro gibt, kriegst du nirgends mehr einen frisch aufgebrühten Kaffee angeboten.

Sie stellte die Tassen auf den Tisch und goss ein.

»Sie wissen, Frau Boländer, dass unser Kollege Drenkmann in Pension gegangen ist, das heißt, der Fall liegt jetzt bei uns.« Ohne auf ihre Reaktion zu warten, fuhr er fort: »Wir kennen, wenn Sie so wollen, den objektiven Sachverhalt, aber sonst nichts. Das heißt, wir tappen im Dunkeln.« Er nahm einen Schluck Kaffee. »Haben Sie oder Ihr Mann einen Verdacht?« Bevor sie die Chance hatte, etwas zu erwidern, setzte er nach: »Ich bitte Sie, uns jedes, wirklich jedes Verdachtsmoment zu nennen, und wenn es Ihnen noch so abwegig erscheint.«

»Herr Kommissar«, sie schüttelte verzweifelt den Kopf, »ich telefoniere jeden Tag stundenlang mit meinem Mann, ich spreche jeden Tag mit meinem Sohn, aber ...«, sie atmete tief ein und stieß die Luft seufzend aus, »wir können uns keinen Reim darauf machen, weshalb jemand meinen Mann ... Das ist so unfassbar.« Sie nahm ein Taschentuch und tupfte sich die Augen ab.

»Wir suchen nach einem schlüssigen Motiv, Frau Boländer. Schließlich war das ja keine Affekthandlung, sondern eine eiskalt geplante Tat.« Er sah sie eindringlich an. »Bitte haben Sie Verständnis, wenn ich Ihnen jetzt ein paar sehr persönliche Fragen stellen muss.« Er warf Steffen einen Blick zu, der daraufhin sein grünes Büchlein und einen Kugelschreiber aus der Brusttasche nahm. »Hat oder hatte Ihr Mann eine Freundin, eine Geliebte?«

»Das kann ich mit absoluter Sicherheit verneinen. Da wir das Büro gemeinsam führen, wäre das schon von der Zeit her völlig unmöglich gewesen. Und wenn mein Mann auf einer Baustelle war, standen wir ständig in telefonischer Verbindung.«

»Haben Sie ...?« Er musste den Satz gar nicht beenden.

»Bestimmt nicht, Herr Kommissar.«

»Gibt es Geldgeschäfte, die vielleicht nicht so ganz koscher sind? Sie können uns das ganz offen beantworten, wir sind nicht vom Finanzamt.«

»Auch nicht, Herr Kommissar.«

Burgstaller warf Steffen einen fragenden Blick zu.

»Wissen Sie oder Ihr Mann«, schaltete sich jetzt Steffen ein, »etwas über krumme Geldgeschäfte anderer?«

Zum ersten Mal ließ sie ein leichtes Zögern erkennen.

Burgstaller wurde hellwach.

»Erzählen sie mal«, ermunterte er sie in einem Tonfall, als wollte er nur von ihr bestätigt wissen, was ihm längst bekannt war.

»Mein Mann«, sie stockte, bevor sie neu ansetzte: »Im letzten Jahr ...«

Im letzten Jahr hätte Dr. Mayer-Hambach, ein Notar aus Grünstadt, ihrem Mann das Angebot unterbreitet, die Planung für ein großes Immobilienprojekt in La Palma zu übernehmen. Dabei habe es sich um eine Ferienanlage mit exklusiven am Meer gelegenen Appartements gehandelt. Voraussetzung sei gewesen, dass ihr Mann sich mit einer ordentlichen Summe daran beteiligte, sozusagen als vertrauensbildende Maßnahme gegenüber weiteren Investoren. Mayer-Hambach habe ihren Mann gefragt, ob er einen Bauunternehmer empfehlen könnte, der bereit sei, vor Ort die Bauabwicklung zu überwachen. Ihr Mann habe Alwin Petermann vorgeschlagen, mit dem er schon seit vielen Jahren zusammenarbeitete. Auch Petermann sei mit 300 000 Euro eingestiegen.

»Gleich nach Vertragsunterzeichnung sind mein Mann und Herr Petermann nach La Palma geflogen, um sich das Grundstück anzusehen«, fuhr sie fort. »Kurz danach hat mein Mann mit der Planung begonnen. Das musste relativ zügig gehen, denn der erste Spatenstich sollte im Mai diesen Jahres erfolgen, vorausgesetzt, dass im März die notwendigen Formalitäten erledigt seien, hat Herr Mayer-Hambach erklärt. Da die Spanier das aber angeblich nicht auf die Reihe bekamen, zog sich die Sache von Woche zu Woche bis in den Juni hin, was aber weder uns noch Herrn Petermann beunruhigte, schließlich fühlten wir uns bei Dr. Mayer-Hambach in guten Händen.«

Sie nahm einen Schluck Kaffee und machte eine lange Pause. »Nun hat sich die Situation allerdings grundlegend verändert. Seit vor zwei Monaten Herr Dr. Mayer-Hambach verschwunden ist, gehen wir davon aus, dass wir unser Geld verloren haben.«

»Man weiß nicht, wo er sich aufhält?«

»Seine Frau hat vor circa einem Monat eine Vermisstenanzeige aufgegeben, aber«, sie sah den Kommissar kopfschüttelnd an, »bislang ohne Erfolg. Sie weiß nur, dass er nach Südamerika geflogen ist.«

»Wer sind denn die anderen Investoren?«

»Mein Mann hat nur Vermutungen. Was Genaues weiß er nicht.«

»Und die wären?«

»Er vermutet, dass es vielleicht ein paar Geschäftsleute aus der Gegend sind. Herr Mayer-Hambach hat sich da immer bedeckt gehalten.«

»Aber ihr Mann hat doch bestimmt eine etwas konkretere Vermutung?«

»Er hat mal von einem Weinkommissionär aus Kallstadt gesprochen.«

»Name?« Als er ihr Zögern spürte, ermunterte er sie: »Bitte, Frau Boländer, Sie sind verpflichtet, uns alles, was Sie wissen, zu sagen, und wir sind verpflichtet, alles was Sie uns sagen, diskret zu behandeln.«

»Thilo Friedrich.«

»Und wer noch?«

»Ein Bauunternehmer namens Maik Sehberg. Wo der herkommt ...?« Sie zuckte mit den Schultern. »Ich weiß nur, dass beide Mitglied im deutsch-italienischen Kulturverein sind. Mein Mann ist da auch Mitglied.«

»Das genügt fürs Erste. Wenn Ihnen oder Ihrem Mann noch etwas einfällt, bitte rufen Sie mich an.«

Er gab ihr eine seiner verkrumpelten Visitenkarten und verabschiedete sich.

»Lass uns den Bankmann aufsuchen.«

Sie fuhren nach Grünstadt und parkten auf der Straße vor dem Bankgebäude.

Gerade, als Burgstaller in die Drehtür eintreten wollte, rief Steffen, der hinter ihm ging: »Kuck mal!«, und deutete grinsend auf die Straße.

Ein Knollenschreiber vom Ordnungsamt stand vor Burgstallers Auto mit einer Kamera in der Hand.

Burgstaller ging auf ihn zu.

»Wir sind nur kurz in der Bank.«

Ohne Burgstaller zur Kenntnis zu nehmen, zog er einen gelben Zettel aus der Tasche und klemmte ihn wortlos hinter den Scheibenwischer.

Als Burgstaller ihn ansprechen wollte, winkte er ab und setzte sich in Bewegung.

»Jetzt reicht mir's aber!«, fuhr ihn Burgstaller an und hielt ihm seine Dienstmarke hin. »Ich bin hier in einer dienstlichen Angelegenheit!«

Der Knollenschreiber zuckte zusammen.

»Entschuldigung, aber das konnte ich doch nicht ...«

»Das wirft Ihnen auch keiner vor! Aber Ihr Benehmen ist lümmelhaft!«, fuhr er ihn an, begleitet vom Beifallsklatschen einer jungen Frau und eines alten Herrn, die die Szene interessiert verfolgt hatten.

»Richtig, junger Mann«, sagte der alte Herr zu Burgstaller. »Wir sind doch hier nicht in der DDR!«

Der Knollenschreiber nahm den Zettel wieder an sich und verduftete.

Nachdem die Kundin vor ihnen ihr Geld eingesteckt hatte, sprach Burgstaller die Kassiererin an: »Wir möchten Herrn Köhler sprechen.«

Sie blickte auf die Dienstmarke, die er ihr hinhielt, und sah erschrocken hoch.

»Wir beißen nicht.«

Mit einem bemühten Lächeln erwiderte sie: »Bitte kommen Sie!«, und stand auf, um die Tür zu öffnen.

Sie führte die beiden Beamten durch einen langen Gang, vorbei an Büros mit Milchglas in der Türfüllung. Vor der letzten Tür rechterhand, die aus massivem Holz war, blieb sie stehen. Sie klopfte dezent an, legte das Ohr an die Tür und drückte die Klinke herunter.

Der Mittfünfziger, ein schlanker, fast schon hagerer Mann im grauen Zwirn, der hinter einem ausladenden Schreibtisch saß, war am Telefonieren. Ganz nebenbei deutete er mit der freien Hand auf die zwei Sessel, vor denen die Ermittler standen.

Nachdem er sein Gespräch beendet hatte, begrüßte er die unangemeldeten Besucher mit Handschlag.

»Köhler. Was kann ich für sie tun?«

Burgstaller stellte sich und seinen Kollegen vor und schilderte in ein paar Sätzen den Grund ihres Erscheinens.

»Herr Petermann und Herr Boländer haben jeweils 300 000 Euro auf das Notaranderkonto von Dr. Mayer-Hambach eingezahlt. Andere Investoren sind uns nicht bekannt. Aber sicher wissen Sie mehr?«

»Da kann ich Ihnen leider, leider nicht ...«

»Ich möchte von Ihnen sofort wissen, wer die anderen Investoren sind!«, fiel ihm Burgstaller energisch ins Wort. »Es geht hier um Mord! Also machen Sie mir keine Probleme! Sonst sind Sie es, der Probleme bekommt!«

Köhler hatte verstanden.

»Wer die Investoren sind, habe ich jetzt nicht im Kopf. Das Geld wurde jedenfalls auf Dr. Mayer-Hambachs Konto überwiesen.«

»Um wie viel ging es denn?«

»Rund achteinhalb Millionen.«

Achteinhalb Millionen, und es fallen ihm die Investoren nicht ein?

»Ich hole Ihnen die Unterlagen.« Er ging an seinen Aktenschrank und zog einen Ordner heraus. »Hier.« Er hielt Burgstaller den aufgeschlagenen Ordner hin.

Burgstaller deutete auf den Namen der Bank und sah dabei den Kollegen Sander grinsend an – Istituto per le Opere di Religione. Der Kontoinhaber war ein Giovanni Vincente.

Burgstaller blätterte aufmerksam weiter.

»Und das Geld wurde«, er unterbrach sich und deutete mit dem Finger auf das Papier, »von Herrn Mayer-Hambach weitergeleitet, kurz bevor er verschwunden ist?«

»Ja.«

»Sie haben sich nichts dabei gedacht?«

»Was sollte ich«, stotterte Köhler, »was sollte ich mir dabei denken, wenn Herr Dr. Mayer-Hambach ...« Er zuckte verzweifelt mit den Schultern, während der Kommissar dachte: Mit dem kammer Elwedritsche fange.

»Ich konnte doch nicht ahnen, dass ...«

»Aber Sie wussten doch, wohin Herr Dr. Mayer-Hambach das Geld überwiesen hat?«

»Ja natürlich. Nach Nassau.«

Burgstaller konnte dem Bedürfnis, ihm einen finalen Schlag zu verpassen, nicht widerstehen: »Nassau in Hessen?«

»Nein. Nassau auf den Bahamas«, gab Köhler kleinlaut von sich.

»Und das hat einen erfahrenen Bankmann nicht stutzig gemacht?« Der Kommissar lächelte ihn an und sah zu Steffen, der sich mit einem Grinsen anschloss.

In seiner Verzweiflung fiel Köhler keine bessere Antwort ein als die Frage: »Darf ich Ihnen einen Kaffee anbieten?«

Die beiden Beamten standen wortlos auf und verabschiedeten sich mit einem trockenen »Mahlzeit.«

»Kurz nach zwölf, oder?«, fragte Burgstaller.

»Zwölf Uhr sieben. Du trägst keine Uhr?«

»Schon seit achtzehn Jahren nicht mehr.«

»Dann haste aber ein feines Gespür.«

»Je zwölfer der Mittag, desto knurrer der Magen. Komm, lass uns zum Lawall gehen.«

Sie fuhren nach Freynheim und parkten vor dem Château.

»Die paar Meter zum Lawall laufen wir. Ich muss wieder in die Gänge kommen.«

Steffen bestellte sich Saumagen mit Sauerkraut und Gebreedelde; Burgstaller einen Spundekäs.

»Eine Apfelsaftschorle, bitte.«

»Und mir bringen Sie eine Weinschorle, tiefgespritzt.«

»Mit viel Wasser. Sehr wohl die Herren.«

Kein französisches Wort kam heute über Lawalls Lippen, denn die Hütte war halbleer.

»Dir fällt auch nichts anderes ein als Saumagen?«

»Oder Kanzlersteak«, erwiderte Steffen grinsend, darauf anspielend, dass man immer öfter in Pfälzer Gasthäusern, eingedenk des früheren Kanzlers Kohl, der dem Saumagen zu seiner Weltberühmtheit verholfen hatte, Kanzlersteak liest, worüber sich Burgstaller maßlos ärgern konnte.

Burgstaller, hungrig und durstig wie er war, ließ Steffens Witzchen unkommentiert.

»So muss ein Spundekäs sein«, sprach er genüsslich und strich sich mit dem Messer eine ordentliche Portion auf ein Stück Brot.

Zwei junge Männer, die gerade hereingekommen waren, zogen sich krachend zwei Stühle bei. Kaum, dass sie sich gesetzt hatten, brüllte der Kleinere: »Hey, Wirt, wo steckst du denn, verdammt noch mal?« Augenblicklich verstummten die Gespräche der Gäste. Lawall stand wie erstarrt am Tresen.

»Unglaublich, wie diese Typen sich aufführen«, ärgerte sich Steffen.

»Einen besseren Spundekäs kriegst du nirgendwo sonst. Kannste mir glauben.« In einem Zug trank Burgstaller den halben Schoppen aus. Maria muss der Wirtin unbedingt das Rezept abschwatzen.

»Hey, Wirt, mal 'nen Schoppen, aber 'nen anständigen, sonst kracht's! Oder haste nur Raddegaggel?«, rief der Kleinere, während der andere, ein vierschrötiger Bursche, sich feixend umsah, als wollte er sagen: Klasse, mein Kumpel, he? Was den Kleineren anstachelte, noch einen draufzusetzen: »Oder soll ich dir Beine machen, Wirt?«

»Alleweil reicht's aber«, brummte der Kommissar und stand auf.

Er ging auf die beiden zu, die ihn grinsend empfingen: »Ach, haste 'nen Vertreter, Wirt?«

Burgstaller hielt ihnen diskret seine Dienstmarke hin und sprach: »Als Beamter ersuche ich Sie höflichst, Ihr Verhalten zu mäßigen. Die Gäste möchten in Ruhe und ungestört ihre Mahlzeit einnehmen. Als Mensch sage ich Euch: Wenn Ihr zwei Arschgeigen nicht augenblicklich die Fliege macht ...«, er unterbrach sich und fuhr freundlich lächelnd fort: »Ich habe mich doch verständlich ausgedrückt, oder?«

Sie starrten ihn an und nickten mit offenem Mund. Dann standen sie wortlos auf und verließen, als wollten sie ja nicht irgendwo anecken, mit vorsichtigen Schritten den Gastraum.

»Und jetzt möchte ich in Ruhe meinen Spundekäs essen«, murmelte Burgstaller vor sich hin.

»Vielen Dank, Herr Kommissar«, stammelte Lawall, der an den Tisch gekommen war. »Darf ich Ihnen und Ihrem Kollegen vielleicht ...«

»Gruß an die Küche, Herr Lawall. Der Spundekäs ist einzigartig.«

Abrupt wandte er sich an Steffen: »Hör mal zu«, begann er nachdenklich. »Gehen wir davon aus, dass Mayer-Hambach ...« Der Gedanke brach ihm mittendrin ab, und ein neuer, plötzlicher Einfall schoss ihm in den Kopf: »Kennst du die Fabel vom Fuchs und dem alten Löwen?«

»Nie gehört.«

»Der alte Löwe fragt den Fuchs, warum er denn nicht mal zu Besuch in seine Höhle käme? Darauf antwortet der Fuchs: Weil ich viele Spuren hineinführen sehe, aber nur wenige, die herauskommen.«

»Was willst du damit sagen?«

»War nur so ne Idee«, erwiderte Burgstaller und strich sich den Rest vom Spundekäs aufs Brot.

Er beschloss, umgehend Altbürgermeister Rebholz aufzusuchen, denn keiner hatte einen tieferen Einblick in die Küchen und Schlafzimmer der Region als er.

Nachdem sie ihre Mahlzeit beendet hatten, verließen sie die Straußwirtschaft und liefen zurück zum Château.

Unterwegs rief er Rebholz an und musste zuerst einmal von seiner Schussverletzung erzählen, bevor der Altbürgermeister bereit war, sich sein Anliegen anzuhören.

Rebholz wohnte im früheren Schulgebäude von Daixheim. Als vor Jahren die Geburtenrate dermaßen abzusacken begann, dass immer weniger Kinder eingeschult wurden, schloss man die Schule und verfrachtete die paar Schüler, die es im Dorf noch gab, allmorgendlich mit dem Bus zum Unterricht nach Dürkheim. Rebholz kaufte dem Land das Gebäude ab und richtete es sich als Wohnhaus her.

»Hereinspaziert, meine Herren. Kommen Sie ins Klassenzimmer.«

Hier hatte Burgstaller schon so manches Gläschen mit Rebholz getrunken. Seitdem er nicht mehr Bürgermeister war, betätigte er sich im Weinhandel, um mitzuhelfen, wie er sagte, dem Pfälzer Wein seinen gebührenden Platz in der Champions League zu sichern. Dass er nicht aus reiner Liebe zum Wein handelte, konnte jeder Winzer bestätigen, der einmal geschäftlich mit ihm zu tun hatte. Er war als knallharter Verhandlungspartner bekannt. Aber, und darin waren sich alle einig, er hatte noch nie einen über den Tisch gezogen. Immer versuchte er seinem Leitspruch gerecht zu werden – ein gutes Geschäft ist, wenn alle Beteiligten zufrieden auseinandergehen. Klar, dass er um seine eigene Zufriedenheit besonders bemüht war.

Kaum hatten sie Platz genommen, musste Burgstaller noch einmal detailliert schildern, was er ihm bereits am

Telefon erzählt hatte, bis er mit einem kräftigen »So!« das Thema wechselte.

»Aber zunächst mal eine Frage, Herr Burgstaller: Durch was ist denn der Boländer gestorben? Weiß man das?«

»Suizid.«

»Suizid?«

Burgstaller nickte: »Das Problem ist nur: Wir wissen nicht, wer es war.«

Rebholz stutzte.

»Wie?«, er sah Burgstaller konsterniert an, bis ihm plötzlich ein Licht aufging. »Sie meinen, dass Fremdeinwirkung ...«

»Das meine ich«, unterbrach er den Altbürgermeister und kam gleich zur Sache: »Haben Sie mal was von einem deutsch-italienischen Kulturverein gehört?«

»Der wurde von den ersten italienischen Gastarbeitern als eine Art Heimatverein gegründet. Später, in den siebziger Jahren, als sie längst integriert waren, Kneipen hatten oder Handel trieben, wurden auch Deutsche aufgenommen. Zuerst nur Katholiken, dann auch Protestanten. Heute können Sie Agnostiker sein oder Atheist, das spielt keine Rolle mehr. Aber, Sie können nicht so einfach eintreten wie in einen normalen Verein. Voraussetzung ist, dass Sie von zwei Bürgen vorgeschlagen werden, einem Italiener und einem Deutschen. Das gibt dem Verein etwas ... wie soll ich sagen?«

»Exklusives?«

»Genau.«

»Und der Zweck des Vereins?«

»Gemeinnützigkeit. So steht es zumindest in den Statuten. In Wirklichkeit hat das aber mit Gemeinnützigkeit soviel zu tun, wie ...«, Rebholz lachte, »wie ein Swingerclub mit Nächstenliebe.«

»Und mit was hat's zu tun?«

»Ich schätze mal, dass achtzig Prozent der Mitglieder Kaufleute, Banker, Kneipiers und selbständige Handwerker sind. Das sagt doch schon alles, oder? Die schustern sich gegenseitig Aufträge zu ... Ich muss Ihnen wohl nicht sagen, welcher Partei die nahestehen?«

»Und der Rest?«

»Die üblichen Verdächtigen – Lehrer, die ja bekanntlich gerne reisen und sich für die römische Kultur interessieren, und natürlich solche, die sich gerne mal in der Zeitung lesen wollen ... im Grunde kreuzbrave Leute, die meinen, sie gehörten zur Hautevolee, wenn sie im deutsch-italienischen Kulturverein sind. Dann gibt es noch ein paar wenige, für die der Verein nur ein Vehikel ist, um ihr trübes Image zu putzen.«

»Letztere interessieren mich.«

»Dachte ich mir doch«, erwiderte Rebholz nachdenklich. »Na ja, da fällt mir ein italienischer Import-Export-Händler ein, dann ein Weinhändler aus Landau, und ein mit allen Wassern gewaschener Bauunternehmer namens Sehberg. Und ausgerechnet dieser Spitzbub, der nach der Wende den Ossis das Fell über die Ohren gezogen hat, ist das Aushängeschild des Vereins. Dem wurde im letzten Jahr sogar der Verdienstorden des Landes Rheinland-Pfalz verliehen, das muss man sich mal vorstellen! Für sein uneigennütziges Bemühen um die deutsch-italienische Freundschaft. Der und uneigennützig ...!«

Er drückte den Anruf auf seinem Handy weg und fuhr fort: »Eins muss man denen lassen: sie verstehen es prächtig, sich als Wohltäter der Menschheit in Szene zu setzen. Immer, wenn im Kindergarten ein paar Bauklötzchen fehlen oder wenn der Fußballclub neue Trikots braucht, oder im Seniorenheim ein Stollen und zwei Pfund Kaffee für die Weihnachtsfeier fällig sind, tritt der Kulturverein als Spender auf. Doch wenn Sie diese edlen Gaben mal auf Euro und Cent zusammenrechnen, kommen Sie auf Beträge, die mehr als nebbisch sind. Aber – es steht in der Zeitung.«

»Interessant«, warf Burgstaller ein, um Rebholzens Redefluss in Gang zu halten.

»Jetzt aber zuerst mal«, Rebholz stand auf und reckte den Daumen, »ein gepflegtes Piffchen, bevor ich's vergesse.«

»Bitte nicht für den Kollegen. Der muss fahren.«

Steffen warf Burgstaller einen dankbaren Blick zu.

»Selbst dran schuld«, erwiderte Rebholz und goss einen 2009er Weißburgunder Kabinett der Winzergenossenschaft Herxheim am Berg ein.

»Ein wunderbares Tröpfchen«, lobte Burgstaller.

»Unsere Pfälzer Weine haben einen so hohen Qualitätsgrad erreicht, dass man eigentlich ein Ausfuhrverbot verhängen sollte.«

»Eine andere Frage, Herr Rebholz. Sie kennen doch den Notar Mayer-Hambach?«

»Den hatte ich in Mathematik, als ich noch im Schuldienst war. In meinem Fach war er keine Leuchte, aber ansonsten war er guter Durchschnitt, wobei er hätte mehr leisten können, wenn ihm sein Vater mal in den Arsch getreten hätte. Der wurde ja verwöhnt wie ein junger Hund. Da ist es eigentlich nur folgerichtig, dass er 16 Semester gebraucht hat bis zum ersten juristischen Staatsexamen. Das müssen Sie sich mal vorstellen – 16 Semester! Und was seine Doktorarbeit angeht, die hat der nie und nimmer selber geschrieben; das weiß ich von meinem Neffen, der zur gleichen Zeit in Heidelberg studiert hat.«

Maria würde jetzt sagen: Saach blooß!

»Aber ansonsten«, fuhr Rebholz fort, »ist das ein grundanständiger Kerl.«

Auf dem Weg zu Mayer-Hambachs Frau summte Burgstallers Handy.

Der Alte, wer sonst?

»Wie geht's, wie steht's, Herr Burgstaller. Ich wollte nur mal hören, was sich so tut.«

»Wir sind noch ganz am Anfang, Herr Präsident, ganz am Anfang.«

»Ich weiß, ich weiß, Herr Burgstaller«, erwiderte er beschwichtigend. »Nur, bitte, halten Sie mich auf dem Laufenden, ja?«

»Aber gewiss doch, Herr Präsident«, beruhigte er ihn und steckte das Handy wieder ein. »Auch ein Präsident kann ein schwerer Fall sein«, belehrte er den jungen Kollegen.

Hier wohnt kein Hartzer, dachte er, als sie auf das große, eiserne Tor zufuhren, in dessen rechtem Flügel ein goldener, auf den Hinterpfoten stehender Löwe das Zentrum bildete. Ein parkähnliches Areal mit mächtigen Laubbäumen umsäumte die Villa mit ihren Sprossenfenstern und den dunkelgrünen, verwitterten Klappläden. Das Anwesen war den Châteaux, wie man sie im Bordelais findet, nicht unähnlich.

Steffen stieg aus und ging auf den rechten Pfeiler zu. Er verharrte kurz und beugte sich vor. Dann nickte er und kam zurück ins Auto.

»Sie ist da.«

Als sie langsam auf das Tor zufuhren, öffnete es sich und schwenkte, kaum, dass sie es passiert hatten, wieder zurück. Der Weg führte schnurgerade auf das Gebäude zu.

Zwei Männer mit Strohhüten auf dem Kopf machten sich in den Beeten vor der Hausfront zu schaffen. Der eine brach die welken Blüten von Rhododendren heraus, der andere beschnitt einen großen, kegelförmigen Buchsbaum.

Burgstaller war immer gespannt, ob das Bild, das er sich von jemand machte, mit der Wirklichkeit übereinstimmte. Das hatte nie geklappt, auch dieses Mal nicht. Frau Mayer-Hambach war nicht blond und nicht schwarz, ihre Haarfarbe lag mittendrin, von blonden Strähnen durchzogen. Ihr dunkler Teint und ihre ausgeprägte Nase gaben ihr etwas Südländisches. Eine Italienerin könnte sie sein, aber eher noch eine Deutsche, fand Burgstaller, die wie eine Italienerin aussieht. Ihr herausforderndes Lächeln verriet, dass sie sich ihrer erotischen Wirkung bewusst war.

Burgstaller stellte sich und den Kollegen vor und schilderte sein Anliegen, woraufhin sie ohne einen weiteren Kommentar nickte und vorausging.

Ihre High Heels klackten wie ein Trommelwirbel auf den Steinfliesen des Vestibüls.

Die Tür zum Wohnzimmer stand offen. Sie bat die beiden Männer einzutreten und deutete einladend auf ein Chaiselongue, sie selbst setzte sich ihnen gegenüber in einen Sessel.

»Sie rauchen?«

Beide winkten lächelnd ab.

»Ich hoffe, es stört Sie nicht?«

»Nein, nein«, erwiderte Burgstaller, der sich zu sagen verkniff: im Gegenteil.

Sie nahm sich eine Zigarette aus dem Kästchen, das auf dem Couchtisch stand.

Burgstaller wies sie auf ihr Recht hin, als Angehörige eine Aussage verweigern zu dürfen.

»Aber es liegt ja wohl in Ihrem Interesse, den Verbleib Ihres Mannes in Erfahrung zu bringen«, stellte er lakonisch fest und setzte unvermittelt nach: »Haben Sie in der Zwischenzeit etwas von ihm gehört?«

»Nein«, antwortete sie. »Die letzte SMS bekam ich im Juli, fünf Wochen nach seiner Abreise.«

»Ihr Mann war wohin gereist?«

»Er wollte für vier Wochen nach Lateinamerika.«

»Sein Ziel kannten Sie nicht?«

»Nein. Keine Ahnung.«

»Keine Ahnung?«

»Sie können sich vorstellen, dass ich etwas verärgert bin.«

»Haben Sie denn eine Vorstellung, weshalb er Sie über seine Reise im Unklaren gelassen hat?«

Sie drückte die nicht einmal zur Hälfte gerauchte Zigarette aus und entnahm dem Kästchen die nächste.

»Unsere Beziehung war in der letzten Zeit etwas angekränkelt.«

Burgstallers Handy summte.

»Entschuldigung.«

Es war Heinz.

»Ganz kurz. Mayer-Hambachs erstes Ziel war Buenos Aires. Den Flug hat er im übrigen schon im April gebucht. Ich bleibe am Ball.«

»Ich rufe nachher zurück.«

Burgstaller wandte sich wieder Frau Mayer-Hambach zu: »Sie wussten also nur, dass er nach Lateinamerika aufgebrochen ist, mehr nicht?«

»Mehr nicht.«

»Dass er nach Buenos Aires geflogen ist, wussten Sie nicht?«

»Ist er das?«, fragte sie überrascht.

Der Kommissar nickte.

»Haben Sie eine Vorstellung, weshalb gerade Buenos Aires?«

»Der Cousin seines Vaters lebt dort.«

»Sie kennen seine Adresse?«

»Ich weiß nur, dass er Sepp Weirich heißt, mehr weiß ich nicht. Ich habe nie etwas mit ihm zu tun gehabt.«

»Dass Ihr Mann Bauherr eines Immobilienprojekts in La Palma ist, wissen Sie auch nicht?«

»Über geschäftliche Dinge haben wir nie gesprochen.«

»Dann wissen Sie auch nicht, dass Ihr Mann achteinhalb Millionen Euro abgeräumt hat?«

»Woher sollte ich das wissen?«

Ihre Hände zitterten, als sie sich die nächste Zigarette aus dem Kästchen holte. Das Tischfeuerzeug, das vorhin auf den ersten Drücker funktioniert hatte, versprühte nur Funken, bis es nach mehreren Versuchen endlich eine Flamme von sich gab.

Mehr weiß die nicht, aber immerhin soviel, dass wir jetzt wissen, bei wem sich ihr Mann aufhalten könnte.

Sie fuhren zum Château zurück.

Burgstaller beauftragte Steffen, über die geführten Gespräche einen Vermerk zu schreiben und Dressler zu informieren.

»Seht zu, dass Ihr alles über diesen Sepp Weirich erfahrt, was es zu erfahren gibt.«

Maria war in der Zwischenzeit wieder zurückgekommen. Als Pierre die Tür öffnete, verließ sie sofort ihren Laptop.

»Wasser?«

Natürlich wusste er, wem er diese fürsorgliche Zuwendung zu verdanken hatte.

Während sie eine Flasche Wasser auf den Tisch stellte, nickte sie ihm aufmunternd zu.

»Und?«

»Was heißt ... und?«, fragte er todernst.

»Jetzt komm schon!« Sie musste selber lachen über ihren Wissensdrang.

Als er ihr seinen Tagesablauf erzählt hatte und er sie still und nachdenklich da sitzen sah, dachte er, welch eine glückliche Fügung es war, dass sie damals ihr Praktikum in seinem Kommissariat absolvieren sollte, auch wenn es nicht dazu kam, weil sie schon am nächsten Tag einer Sonderkommission zugeteilt wurde, die hinter einem Pyromanen her war. Nachdem er ihr dann zwei-, dreimal im Präsidium begegnet war, hatte er sie zu einem Kaffee in die Kantine eingeladen, kein sehr romantischer Ort, doch von hier aus nahm alles seinen endgültigen Lauf. Noch am selben Abend trafen sie sich in einem Weinlokal, und schon am nächsten Wochenende fuhren sie gemeinsam nach Heidelberg. Am Philosophengärtchen saßen sie ewig lang auf einer Bank und genossen den Blick über den Neckar auf die Altstadt, den Königstuhl und das Schloss. Er konnte sich noch genau daran erinnern, als wäre es gestern gewesen, wie er ihr von den *Peripatetikern* im alten Athen erzählte, die in einer Säulenhalle auf- und abwandelten und dabei knifflige Probleme lösten, und wie sie ihm lachend gestand, dass auch ihr die besten Ideen beim Wandern kämen. Von *Weegee* erzählte sie ihm, dem legendären New Yorker Fotografen, der in den dreißiger und vierziger Jahren Tag und Nacht unterwegs war, um Opfer und Täter mit der Kamera abzulichten. Dass sie schon ein dreiviertel Jahr später verheiratet waren, hätte er damals nie und nimmer gedacht; sie schon, hat sie ihm später gestanden.

»Schon als ich das erste Mal in deinem Büro stand, wurde mir schlagartig klar: Den oder keinen!« Ob das so stimmte? Wie auch immer, eine schöne Geschichte ist es allemal.

»Bist jetzt aber doch ein ganzes Stück weiter, oder?«, machte sie ihm Mut.

Es läutete.

»Das ist der Doktor!«

Er stand auf und eilte zur Haustür.

»Herein mit Ihnen, Herr Leidlhöfer.«

»So möchte ich von allen meinen Patienten begrüßt werden.«

Er trat ein und reichte Maria die Hand.

»Dann woll'n wir mal.«

Er öffnete sein Köfferchen, nahm eine Schere heraus und zog sich einen Stuhl bei.

Den äußeren Verband schnitt er auf und nahm mit ein paar flinken Handgriffen die Kompressen ab.

»Sieht sehr gut aus«, sprach er, nachdem er die Wunde begutachtet hatte. »Das spannt noch etwas, aber in ein paar Tagen wird alles wieder so sein, wie sich's gehört.«

»Und duschen?«

»So lange Sie wollen.«

»Darf ich Ihnen was zu trinken anbieten?«

»Ein Wasser würde ich jetzt trinken, Frau Burgstaller. Heute ist eine unerträgliche Hitze.«

Während Maria in die Küche ging, fragte Burgstaller: »Kennen sie den Notar Mayer-Hambach?«

»Wir waren am selben Gymnasium in Grünstadt. Später war er mein Patient.«

Maria brachte ein Glas Wasser und setzte sich dazu.

Leidlhöfer berichtete, dass Mayer-Hambach als Student mit einer Spanierin, die in Heidelberg Germanistik studierte, liiert war.

»Mit ihr verbrachte er über Jahre seine Semesterferien in Navarra. Sie stammte dort her, aus einem Dorf in der Nähe von Pamplona. Ja, ja, der Andreas«, Leidlhöfer lachte, während er sein Köfferchen zumachte, »der wurde von zu Hause verwöhnt bis zum Gehtnichtmehr. Wer hat schon als Student einen Mini? Einen mit 'ner Cooper S Maschine, wohlgemerkt! Kennen Sie doch, oder? Im Sommer, wenn die Stierkampfsaison losging, war der wochenlang in Spanien unterwegs, in Madrid, Pamplona und weiß Gott wo. *Aficionados* nennt man diese Verrückten ... Unbegreiflich, wie man sich so seine Existenz ruinieren kann. Das kapiert kein Mensch.« Er stand auf und verabschiedete sich. »Ich muss. Meine Patienten warten.«

»Und jetzt ein Piffchen. Das steht mir doch dienstgradmäßig zu, oder?«

»Dann mal los«, erwiderte Maria und deutete in Richtung Küche.

»Da siehst du mal, wie schnell man sich daran gewöhnt, bedient zu werden.« Er gab ihr einen Kuss auf die Wange und ging in die Küche.

Immer, wenn er in einen neuen Fall einstieg, saßen sie zusammen und sprachen darüber, oft durch lange Schweigephasen unterbrochen.

»Meist sind es ja finanzielle Motive, zumindest bei Männern, weshalb sie abhauen. Entweder sie haben ihr Geld verloren, oder aber sie sind plötzlich an viel Geld gekommen und haben Angst, es zu verlieren, weil ihnen hartnäckige Gläubiger auf den Füßen stehen.«

»Oder weil sie einen Rosenkrieg führen«, ergänzte Maria.

»Mayer-Hambach hat mehr als genug verdient und dazu von seinen Eltern ein großes und schuldenfreies Anwesen geerbt. Weshalb taucht so einer plötzlich unter, gibt seinen guten Ruf auf und muss mindestens zehn Jahre, bis die Straftat verjährt ist, damit rechnen, eingelocht zu werden?«

»Vielleicht ist es ja das, was er sucht?«

»Du meinst den Thrill?«

»Warum nicht?«, erwiderte Maria. »Vielleicht wollte er sich neu erfinden, in eine andere Rolle schlüpfen? Macht Tabula rasa und bastelt sich ganz nach seinem Gusto eine Vita zusammen, eine, die er sich schon immer erträumt hat. Geld hat er genug, um keine ökonomischen Kompromisse eingehen zu müssen. Oder siehst du das anders?«

Das Handy summte. Aber wo?

Maria machte nicht die geringsten Anstalten, sich an der Suche zu beteiligen. Wie oft schon hatte sie ihm gesagt, er sollte das verdammte Ding an einem festen Platz deponieren.

Als das Summen aufgehört hatte, fand er es unter der RHEINPFALZ.

Es war Heinz gewesen.

Er rief zurück.

»Hast du meine Mail gelesen?«

»Tut mir leid, bin eben erst nach Hause gekommen!«

»Lies mal. Kannst ja zurückrufen.«

Er öffnete die Mail, die ihm Heinz geschickt hatte und las laut vor:

»Aus mayer-hambachs telefonrechnungen geht hervor, dass er mit einem teilnehmer in buenos aires in kontakt stand. Dabei handelt es sich um den cousin seines verstorbenen vaters, einen gewissen sepp weirich, jahrgang 1918, hat mir eben sein sozius, rechtsanwalt böhm, tel. mitgeteilt. Laut böhm bedankte sich weirich in einem im april diesen jahres datierten brief für die glückwünsche zu seinem 92. geburtstag. Die überlegung, dass mayer-hambach bei ihm unterschlupf gefunden hat, ist insofern alles andere als abwegig. Gruß heinz.«

Sie sahen sich eine ganze Weile stumm an, bis Maria das Schweigen durchbrach: »Heinz hat nicht geschrieben, wo sie das Schreiben von Mayer-Hambachs Onkel gefunden haben?«

»Warte mal«, antwortete er und griff nach seinem Handy. »Sag mal, Heinz, wo habt ihr das Geburtstagsschreiben von Weirich gefunden?«

»Sein Sozius, Rechtsanwalt Böhm, hat es in Mayer-Hambachs Schreibtischschublade gefunden.«

»Und sonst kein Schreiben von ihm?«

»Sonst keins. Ich melde mich, sobald ich mehr weiß. Und guck ab und zu mal in deinen Rechner.«

»Interessant«, meinte Maria. »Wenn er das Schreiben so offen hat in seiner Schublade liegen lassen, könnte man vermuten, dass er gar nicht vorhatte, in Buenos Aires zu bleiben. Sonst wäre er doch vorsichtiger gewesen, oder? Meines Erachtens riecht das nach gelegter Spur.«

Wieder einmal bedauerte er, dass Maria nicht Polizistin geblieben war, nicht, weil sie mit Bestnote die Polizeischule absolviert hatte, sondern weil sie auf den Punkt genau das Wesentliche erkennen konnte, und das lernt man nicht durch Pauken.

Sie ging zum Fenster, um frische Luft hereinzulassen.

»Was wollen die denn?«

Sie verließ das Zimmer und kam kurz danach mit einem Laptop unterm Arm zurück.

»Hat die Streife gebracht.«

Sie nahm eine Karte aus der Laptoptasche und las grinsend: »Lieber Kollege Burgstaller! Mit vereinten Kräften werden wir den Feind schon schlagen. Ihr Olbrich.«

»Narhallamarsch!«

»Jetzt sei nicht so garstig.«

»Es ist wirklich rührend, wie er sich um mich sorgt. Das wolltest du doch sagen?«

»Jetzt hast du wenigstens einen eigenen Rechner.«

Sie fing wieder an, sich ihren Fotos zu widmen.

Unvermittelt sagte sie plötzlich: »Könnte es denn nicht sein, dass unser Notar von Anfang an vorhatte, nur so lange in Argentinien zu bleiben, bis sich der Pulverdampf verzogen hat? Denn überlege mal: Sepp Weirich ist über die 90. Dem alten Mann könnte doch heute oder morgen etwas passieren.«

»Du meinst ...«

»Das würde allerdings voraussetzen«, fuhr sie unbeirrt fort, »dass Weirich dazu in der Lage ist, ihn zu schützen. Denn eins ist doch klar: Wenn die Polizei Lunte riecht, dass der die Taschen voller Kies hat, nehmen die den aus wie eine Weihnachtsgans und schicken ihn dahin, wo er hergekommen ist. Dass er sich als Anwalt darüber im klaren war, versteht sich wohl von selbst. Oder siehst du das anders?«

Sie wäre wirklich eine Bereicherung für den Polizeidienst.

drei

Alle möglichen Gedanken gingen ihm durch den Kopf, während Maria in der Küche das Frühstück vorbereitete.

»Pierre, es wird Zeit«, rief sie.

Mit Dankbarkeit dachte er an Monique, die Schwester seiner Mutter, die ihm vor neun Jahren das *Château* vermacht hatte, wie das Wochenendhäuschen in der Familie genannt wurde. Jeden freien Tag verbrachten sie hier und genossen die Ruhe. Wenn Maria mit der Kamera unterwegs war, was in der letzten Zeit häufiger vorkam, seit sie mit ein paar Arbeiten aufgefallen war, fuhr er alleine ins Château. Öfter traf er sich dann zum Wandern mit Jacques, seinem französischen Kollegen aus Obernai, den er vor ein paar Jahren bei einer deutsch-französischen Polizeitagung kennengelernt hatte. Vor drei Wochen war er mit ihm zu einer Tour auf die Rietburg verabredet. Da war es die Schussverletzung, die ihm in die Quere gekommen war, zuvor war es der Daixheimer *Mordfall Oster*, und danach ein Entführungsfall in Colmar, wohin Jacques kurzfristig abgeordnet worden war. Manchmal dachte er: Es soll wohl nicht sein.

»Hörst du?« ermahnte sie ihn.

Er sprang aus dem Bett und ging ins Bad.

Sie waren noch beim Frühstücken, als der Signalton seines Rechners eine Mail ankündigte.

Er winkte ab.

»Später.«

Nachdem sie gefrühstückt hatten, trug er das Geschirr in die Küche. Dann erst ging er an seinen Laptop und klappte ihn auf. Eine Mail von Dressler:

»Auf meine anfrage hin teilten mir heute morgen die ludwigsburger tel. mit, dass sepp weirich ein ehemaliger gestapo-mann ist, der sich auf der klosterlinie nach argentinien abgesetzt hat. Er war bis in die sechzigerjahre berater im geheimdienst des arg. staates. Weirichs kontakte, die noch heute bis in die höchsten kreise hineinreichen, stammen von daher. Aufgrund dessen gehe ich davon aus, dass mayer-hambach in buenos aires unter dem schützenden schirm von sepp weirich lebt. Gruß heinz«

»Da lag ich doch gar nicht so verkehrt? Aber sag mal – was sind die Ludwigsburger?«

»Er meint damit die Zentrale Stelle zur Aufklärung nationalsozialistischer Verbrechen, die in Ludwigsburg ihren Sitz hat.«

»Und Klosterlinie?«

»Nach dem Krieg sind viele NS-Verbrecher von hochrangigen Vertretern des Vatikans von Italien nach Lateinamerika geschleust worden. Daher der Name. Man spricht auch von Rattenlinie. So hat zum Beispiel der österreichische Titularbischof Alois Hudal, ein bekennender Nazi-Freund, Adolf Eichmann mit einem gefälschten Pass versorgt. Heute würde man den Herrn Bischof einen Nazi-Fan nennen. Er bezeichnete seine Fluchthilfe als einen ›karitativen Akt der Nächstenliebe‹.«

»Das darf doch nicht wahr sein!«

»Doch. Die wurden besonders in Argentinien mit offenen Armen empfangen. Du musst wissen, dass der damalige Staatschef Perón schon immer mit den Nazis und den italienischen und spanischen Faschisten geflirtet hat.«

»Aber was war der Grund, dass der Vatikan ...?«

»Der gemeinsame Feind, der Bolschewismus. Weißt ja: Der Feind meines Feindes ist mein Freund.«

In diesem Augenblick rief es an.

»Was gibt's, Heinz?«

»Hattest dein Handy abgestellt?«

»Eben hab ich's angestellt.«

»Der Alte wollte dich nämlich sprechen.«

»Jammerschade, dass ich den Alten verpasst habe.«

»Jetzt hör zu: Der Alte hat heute morgen von dem Schullehrer Weisweiler einen Anruf bekommen ...«

»Muss man den kennen?«

»Nein, muss man nicht. Der Alte singt mit Weisweiler im Chor der evangelischen Kirchengemeinde von Neustadt.«

»Der Alte singt?«

»Wie ein Vogel, sag ich dir!«

»Wie 'n Kolkrabe, wahrscheinlich.«

»Jetzt lass mich mal zur Sache kommen. Der Weisweiler teilt also dem Alten mit, er hätte letzten Sonntag Mayer-Hambach in Spanien gesehen, in einer kleinen Cafébar.

Ich hab mir's aufgeschrieben: Burlada heißt der Ort.« Er buchstabierte Burlada. »Das liegt in der Nähe von Pamplona.«

Burgstaller wurde hellwach.

»Weiter!«

»Sofort hätte er seiner Frau ins Ohr geflüstert, sie soll sich den Kerl da am Tresen angucken. In diesem Moment hätte ihr ein Gast die Sicht versperrt. Jedenfalls, Mayer-Hambach war weg. Wahrscheinlich hat er die Bar durch den Hinterausgang verlassen, meint Weisweiler.«

»Weil er Weisweiler gesehen hat?«

»Nein. Er und seine Frau wären durch die vielen Gäste, die vor dem Tresen standen, verdeckt gewesen. Ich kenne den Weisweiler, der ist keinen Zentimeter größer als der Alte, und sie auch nicht.«

»Ist er denn sicher, dass es Mayer-Hambach war?«

»Ja, auch wenn er sich äußerlich ziemlich verändert hätte. Früher sah er anscheinend aus wie dem Josef Ackermann sein Assistent, und jetzt wie 'n Aussteiger, Bartstoppeln, nicht gerade ungepflegt, aber halt nicht wie früher. So in etwa hätte Weisweiler ihn beschrieben, hat der Alte gesagt.«

»Interessant«, erwiderte Burgstaller nachdenklich, und es fiel ihm wieder die Fabel vom Löwen und dem Fuchs ein. »Ich fahre jetzt zu Petermann, dann melde ich mich bei dir.«

Als er auf die Straße trat und den azurblauen Himmel sah, dachte er an seine selige Mémé, wie er seine Oma genannt hatte. Kaiserwetter, würde sie jetzt sagen und behaupten, dass es nie, aber auch nie schlechtes Wetter gab, wenn der Kaiser zur Kieler Woche erschienen ist; immer strahlte dann die Sonne, von keinem einzigen Wölkchen getrübt. Als Kind war er fest davon überzeugt, dass der Kaiser direkt hinter dem lieben Gott kommt.

Er hatte noch nicht den ersten Gang eingelegt, als sich sein Telefon meldete.

»Sind Sie von Ihrem Kollegen Dressler informiert worden?«

»Ich bin informiert, Herr Präsident.«

»Hoffentlich hilft uns das weiter?«

»Ich denke schon, Herr Präsident.«

»Was gibt es denn sonst Neues?«

Was sollte er ihm erzählen? Natürlich könnte er ihm von Weirich erzählen und von Frau Boländer, und dass er auf dem Weg zu Petermann ist. Aber genau das wird er nicht tun. Denn der Alte würde doch sofort die Presse anfixen, mit dem Erfolg, dass die jeden Tag den Alten belästigen, und der Alte jeden Tag ihn belästigt.

»Wir sind leider noch ganz am Anfang, Herr Präsident, leider.«

»Ich weiß, ich weiß! Nur, Sie wissen ja auch ... die Presse!«

»Ach«, staunte Burgstaller scheinheilig, »hat die Presse schon Lunte gerochen?«

»Weiß der Teufel, wieso«, erwiderte der Präsident nicht minder scheinheilig.

»Ich werde Sie aber ...«

»Ja, bitte«, unterbrach er den Kommissar, »Sie halten mich auf dem Laufenden, ja?«

»Gewiss doch, Herr Präsident.«

Petermann wohnte am Rande von Neustadt in einem weißen Bungalow mit Walmdach, das mit roten Ziegeln eingedeckt war. Vor dem Hauseingang stand rechts und links ein mannshoher Lorbeerbaum in einem mächtigen Terrakotta-Topf. Wie oft schon, fiel ihm ein, hatte Maria festgestellt, dass sie statt der getrockneten Lorbeerblätter genauso gut Stroh in die Sauce werfen könnte. Mit dem festen Vorsatz, noch heute ihren Kräutergarten mit einem Lorbeerstrauch zu bereichern, parkte er direkt vor dem Eingang.

Er stieg aus und ging auf die Vorgartentür zu. Er läutete und hielt die Hand an den Türknopf, um sofort dagegen zu drücken, sobald es summte. Aber es tat sich nichts.

Er sprach die junge Frau an, die gerade, mit Tüten bepackt, ins Nachbarhaus ging: »Sie wissen nicht zufällig, ob Herr Petermann verreist ist?«

Sie sah ihn etwas misstrauisch an, woraufhin er ihr seine Dienstmarke zeigte. Schnell fasste sie Vertrauen und erzählte ihm, dass Petermann seit einigen Monaten in Scheidung lebe und seitdem öfter verreist sei. Sie habe ihn vor drei oder vier Tagen noch gesehen, aber danach nicht wieder.

Als nächstes hatte er Mayer-Hambachs Schwester Ella Munzing, die in Freinsheim wohnte, auf der Liste.

In der Nähe des *Eisentors* parkte er. Den Krückstock, den ihm Maria aufgedrängt hatte, ließ er im Auto liegen.

Jedes Mal wieder faszinierten ihn die stilvollen Gebäude, die die Hauptstraße säumten. Er versuchte sich vorzustellen, wie es in Freinsheim ausgesehen hatte, damals, nach dem *Pfälzischen Erbfolgekrieg,* als alles zerstört war und nur noch die Grundmauern Zeugnis ablegten von einem über Jahrhunderte gewachsenen Gemeinwesen, das anno 773 erstmals urkundlich erwähnt wurde. »Erbfolgekrieg«, hatte sein Geschichtslehrer gepredigt, »das hört sich viel zu harmlos an für einen Krieg, in dem über Jahre alles kurz und klein geschlagen wurde. Ich spreche lieber vom *Neunjährigen Krieg.*« Vielleicht deshalb saß dieses Datum, 1688 bis 1697, fest in seinem Kopf, so fest wie Marias Geburtstag.

Als er ans *Historische Rathaus* kam, posierte gerade ein strahlendes Hochzeitspaar auf halber Höhe der Freitreppe für den Fotografen, der mit einer Großbildkamera auf der gegenüberliegenden Straßenseite stand und seine Order gab. Vielleicht sollte man Scheidungen genauso feierlich ausrichten wie Hochzeiten, dachte er, vielleicht würde sich's mancher dann zweimal überlegen.

Er ging ein paar Meter vom Rathaus links um die Kirche herum auf den kleinen Platz zu, der von weißverputzten Häusern mit blumengeschmückten Balkonen umsäumt war. In dem zweiten Haus, vor dem zwei Blumenkübel mit üppigen Petunien standen, wohnte Ella Munzing.

Kaum, dass er geklingelt hatte, meldete sich eine weibliche Stimme durch die Sprechanlage: »Wer da, bitte?«

Er hatte sich nicht angemeldet, um ihr die Chance zu verbauen, ihm eine Absage zu erteilen.

»Kriminalhauptkommissar Burgstaller.«

»Wer, bitte?«

»Kriminalhauptkommissar Burgstaller«, wiederholte er etwas lauter.

Na also, dachte er, als es summte.

Er öffnete die Tür und betrat einen schmalen Gang. Entlang der Treppe, die nach oben führte, waren an der Wand eine Reihe gerahmter Schwarzweißfotos aufgehängt. Es war zu düster, als dass er die Motive hätte erkennen können.

Er war noch in Gedanken, als er aufblickte und eine Frau mit mittellang geschnittenem, blondem Haar aus der Tür heraustreten sah. Sie trug ausgewaschene Jeans und ein blaues Sweatshirt, das locker und luftig ihren Oberkörper umhüllte. Frei von Make-up und Schminke schien sie direkt aus der Dusche zu kommen. Wenn es auffallend hübsche Frauen gibt, muss es auch unauffällig hübsche Frauen geben. Sie gehörte zu den letzteren.

Sie streckte ihm die Hand entgegen.

»Munzing.«

Er hatte sich ja bereits an der Haustür vorgestellt.

Sie führte ihn in einen Raum, in dem mehrere Tische standen; an der Wand ein Tapeziertisch, voll mit Fotos, auf einem kleineren Tisch ein Laptop und ein Drucker, und auf dem dritten, einem hölzernen, alten Küchentisch, lagen Lupe, mehrere Kameras, Papier, Schreibstifte und alles Mögliche an Kleinkram herum. Das typische Durcheinander eines Künstlerateliers.

Er war überrascht, wie selbstverständlich sie ihn empfangen hatte, fast so, als hätte sie mit seinem Besuch gerechnet.

Er setzte sich in den breiten, weichen Sessel, den sie ihm zugewiesen hatte, während sie auf einer Art Klavierhocker Platz nahm.

»Meine Vermutung, dass Ihr Kommen sich meinem Bruder verdankt, ist wohl nicht falsch?«

Erleichtert nahm er ihre Direktheit zur Kenntnis, ersparte ihm das doch überflüssiges Einstiegsgeplänkel.

Noch bevor er ihr sein konkretes Anliegen schildern konnte, fuhr sie lächelnd fort: »Stellen Sie Ihre Fragen, ich werde sie, so gut ich kann, beantworten.«

Die Art, wie sie das sagte, ließ ihn hoffen, dass ihr Angebot mehr war als unverbindliches Wortgeklingel.

Gerade, als er ansetzte, ihr die erste Frage zu stellen, sprach sie: »Ich mache mir Sorgen um meinen Bruder. Seit seiner Abreise habe ich nichts mehr von ihm gehört.«

Um ihr gleich das Gefühl zu geben, dass er nicht mit Tricks arbeitete und mit nichts hinterm Berg hielt, entschied er sich, ihr reinen Wein einzuschenken:

»Ihr Bruder wurde vor einigen Tagen in Spanien gesehen.«

Sie sah ihn mit großen Augen an.

»In Spanien? Das beruhigt mich sehr. Und wo?«

»In Burlada, einem Dörfchen ...«

»... in Navarra.«

Jetzt bist du dran, dachte er. Geben und nehmen.

»Wissen Sie«, begann sie, »letztlich war mir mein Bruder immer ein Rätsel. Schon als ganz junger Kerl war er manchmal in sich versponnen und abweisend, und dann war er wieder zugänglich und liebevoll. Man wusste nie so recht, wo man dran war mit ihm.«

»Jeder Mensch«, sprach der Kommissar verständnisvoll, »hat eine Rückseite.« Das könnte von einem Dorfpfarrer stammen, dachte er, und stellte befriedigt fest, dass sie zustimmend nickte, wie jemand, der sich verstanden fühlt. In diesem Augenblick glaubte er zu wissen, weshalb Geistliche vor keiner Banalität zurückschrecken.

»So in etwa hat das auch meine Mutter gesehen. Andreas war ihr Lieblingskind, ich die Nummer zwei. Auch mein Vater hat sich immer mehr um ihn gekümmert als um mich. Ich glaube, sein schönster Tag war, als ihm Andreas seine Doktorurkunde zeigte. Er ist bald darauf gestorben, als hätte er seine Aufgabe erledigt und könnte jetzt gehen.«

Wenn er gewusst hätte, dass er sie nicht selber geschrieben hat, hätte es ihn vielleicht noch etwas früher hinweggerafft.

»Sie werden sich natürlich gefragt haben: Was treibt einen Mann in geordneten Verhältnissen dazu, einfach zu verschwinden?«

»Wissen Sie es?«, erwiderte Burgstaller.

Sie sah ihn ratlos an.

»Die Frage habe ich mir tausendmal gestellt und bin zu keinem Ergebnis gekommen.«

»Wir wissen mittlerweile, dass er bei einem Verwandten in Buenos Aires war.«

Sie schien ehrlich überrascht.

»Bei Sepp Weirich?«

»Was wissen Sie von ihm?«

»Mit dem wollte mein Vater nie etwas zu tun haben. Der war für ihn immer nur der alte Nazi. Sind Sie denn sicher?« fragte sie ungläubig nach.

»Vieles spricht dafür«, antwortete er sibyllinisch. »Eine andere Frage, Frau Munzing: Es heißt, dass die Ehe Ihres Bruders nicht intakt ist. Trifft das zu?«

»Andreas hat mal eine diesbezügliche Andeutung gemacht. Mehr weiß ich nicht.«

»Geliebte?«

»Ausschließen würde ich es nicht.« Sie nickte ihm freundlich zu und erhob sich. »Mehr kann ich Ihnen leider nicht sagen, Herr Burgstaller. Es war jedenfalls sehr beruhigend für mich, von Ihnen gehört zu haben, dass er am Leben ist.«

Mit dem Gefühl, dass sie sich vielleicht doch bedeckt gehalten hatte, ging er um die Ecke in den Winzerhof, wo er sich einen schattigen Platz suchte und ein Wasser bestellte.

Er rekapitulierte das Gespräch und trug die wesentlichen Punkte in sein blaues Büchlein ein. Vielleicht war Buenos Aires ja wirklich eine gelegte Spur? Kurz dort auftauchen und dann unbemerkt in die Höhle des Löwen verschwinden, in der Hoffnung, dass der Löwe überall nach ihm sucht, nur nicht in seiner eigenen Höhle. Wieso eigentlich nicht?

Er beschloss, noch einmal bei Petermann vorbeizufahren. Vielleicht war er ja in der Zwischenzeit zurückgekommen.

Kaum, dass er auf die Klingel gedrückt hatte, wurde der Öffner betätigt und eine Frau trat heraus, die ihn überrascht ansah.

»Kann ich Herrn Petermann sprechen?«

»Herrn Petermann? Nein, Herr Petermann ist nicht da. Ich kann Ihnen auch nicht sagen, wann er kommt.«

Geh auf Nummer sicher, sagte er sich und hielt ihr seine Dienstmarke hin.

Erschrocken stotterte sie: »Ich bin nur die Putzfrau. Ich habe wirklich keine Ahnung, wo er ist. Sonst legt er mir immer Geld hin, aber das hat er diesmal vergessen.«

»Ist schon in Ordnung.« Er nahm eine seiner Visitenkarten und gab sie ihr. »Er soll mich anrufen, ja?«

»Aber natürlich! Selbstverständlich!«

Er fuhr zurück zum Château.

Maria hatte *Carottes aux anchois* zubereitet – geriebene Möhren mit kleingehackten Anchovis, Oliven und allerlei Kräutern gemischt. Bei der Hitze, wie sie heute herrschte, war das genau das richtige Essen, leicht und frisch.

»Köstlich, Maria«, lobte er sie und goss noch etwas Olivenöl über seine Portion.

»Dein Hemd spannt, Pierre«, ermahnte sie ihn.

»Zu spät«, erwiderte er und stellte das Ölkännchen ab.

»Übrigens, du weißt, dass nächste Woche Polizeifest ist?«

»Das weiß ich nicht, ich bin auch nicht spitz drauf. Und woher weißt du das?«

»Dein Präsident hat vorhin angerufen.«

»Hat er jetzt schon deine Handynummer?«

»Jetzt hör aber bitte auf! Meine Nummer hast *du* ihm für alle Fälle gegeben.«

»Ist ja schon gut«, wiegelte er ab. »Und was sprach er, mein Präsident?«

»Er hat mich eingeladen«, flötete sie. »Wenn es Ihnen konveniert, hat er gesagt.«

»Ach! *Konveniert* hat er gesagt?«

»Hat er gesagt!«

»Ja, der Alte, er ist ein Meister des hohen Tons.«

»Sei nicht so garstig.«

Sein Telefon meldete sich.

»Gehst du dran?«

Maria lächelte ihn an: »Du bist wieder dienstfähig, mon chéri.«

Er horchte in den Raum, hob die Zeitung, dann das Sofakissen, aber das Handy hatte sich unauffindbar verkrümelt. Plötzlich wurde ihm bewusst, weshalb diese Dinger *Mobiltelefon* heißen. In dem Moment, als er es hinter der Vase entdeckte, gab es keinen Mucks mehr von sich.

»Dann eben nicht«, sprach er und sah auf das Anzeigefeld. »Wenn es wichtig ist, rufst du eh wieder an.«

Da Maria nach dem Essen keine Anstalten machte, ihn zu einer Siesta zu animieren, fragte er ganz beiläufig: »Stimmt das eigentlich, dass der Mittagsschlaf in China ein verbrieftes Recht ist?«

»Natürlich stimmt das! Mao Tse-tung hat das 1950 in die Verfassung schreiben lassen. Gut, dass du mich daran erinnerst. Komm!«, sprach sie und packte ihn am Arm.

»Bin ich Chinese, oder was?«

Gerade hatte Maria das Bett aufgedeckt und er den linken Schuh ausgezogen, da meldete sich sein Handy.

Es war die *Zimtzicke vom Dienst*, kurz ZvD genannt. Dieses Attribut hatte sie sich redlich verdient, auf Grund ihres überheblichen Gehabes, das sie sich als Vorzimmerdame des Alten glaubte anmaßen zu dürfen.

»Ich verbinde Sie mit dem Herrn Präsidenten.«

Sie sprach *Präsident* aus, wie Mémé, seine fromme Oma, das Wort Bischof ausgesprochen hat.

»Wie geht's, wie steht's, ich wollte nur mal hören, was sich so tut?«

Jetzt musste er ihn, ob er wollte oder nicht, auf den neuesten Stand bringen. Burgstaller kannte ihn lange genug, um zu wissen, dass der Alte nun alle Hebel in Bewegung setzen würde, um seine Informationen loszuwerden. Als erstes wird er seinen Stellvertreter, Polizeirat Albrecht, zu sich rufen lassen und ihm die Order erteilen, sich unverzüglich mit den Radioleuten in Verbindung zu setzen. Immer kam zuerst das Radio dran, bevor die schreibende Presse bedient wurde. Zum Radio pflegte er ein geradezu libidinöses Verhältnis. Aber nicht nur, weil der Mensch, egal, was er tut, gleichzeitig Radio hören kann, ob er gerade Auto fährt oder Zwiebel oder seine Fußnägel schneidet; und nicht nur weil die Lokalnachrichten eine Quote erreichen, von der das Wort zum Sonntag nur träumen kann, nein, auch weil das Timbre seiner sonoren Stimme wie fürs Radio geschaffen war, so zumindest hatte es ihm vor Jahren eine Radiofrau vorgeschleimt. Seitdem muss die ZvD alles, was er über den Rundfunk von sich gibt, aufnehmen. Dass er sich das zuhause oft stundenlang anhört, ist höchstwahrscheinlich ein Gerücht, aber ganz auszuschließen ist es auch wieder nicht.

»Herr Burgstaller«, hörte er den Alten von ganz weit weg, »sind Sie denn noch da?«

»Ja, natürlich, Herr Präsident«, log er, denn in Gedanken lag er längst unter der Bettdecke.

»Also bitte, Herr Burgstaller, Sie halten mich auf dem Laufenden, ja?«

Maria, die schon aufgestanden war, rief: »Pierre! Eine Mail von Heinz. Hörst du?«

»Lies mal.«

»Was hältst du davon, wenn wir uns montag treffen? Gruß heinz«

»War's das?«

»Das war's.«

»Dann antworte ihm doch bitte: Einverstanden. 18 Uhr. Vielleicht kocht Maria was? Gruß Pierre.«

»Na gut, Maria kocht was. Stehst du auf?«

»Was hältst du von einem Pas de deux durch die Gemeinde? Ich muss mich in Form bringen. «

Sie fuhren nach Daixheim und parkten vor dem Polizeiposten. Von hier aus machten sie sich auf den Weg durch die Wingerte.

»Geht's denn?«

»Geht so.«

»Tut aber nicht weh, oder?«

»Überhaupt nicht. Die Kraft fehlt ein bisschen.«

Auf dem Kamm des Weinbergs angelangt, genossen sie den freien Blick ins weite Rheintal. *Der Garten meines Königreichs* hat Ludwig I. von Bayern über die Pfalz gesagt. Recht hatte er, dachte Burgstaller, wachsen hier doch nicht nur königliche Weine, auch Esskastanien und Mandeln, ja, sogar Feigen lässt das milde Klima hier gedeihen.

Er war noch ganz in Gedanken, als sich eine SMS meldete.

»Petermann tot. Heinz«

Sofort rief er zurück.

Dressler berichtete, dass die Leiche Petermanns heute morgen in Metz gefunden wurde.

»Steffen hat sich in Petermanns Nachbarschaft umgehört. Der Nachbar gegenüber will Tage zuvor merkwürdige Dinge beobachtet haben.«

»Steffen soll ihn sofort zum Polizeiposten nach Daixheim bringen.«

Mit zügigen Schritten eilten sie zurück.

»Das ist ja eine Überraschung«, freute sich Poschmann, der Leiter des Polizeipostens Daixheim.

»Ich brauche mal wieder Ihre Amtshilfe.«

»Aber klar doch, Herr Burgstaller.«

Letztes Jahr hatte Burgstaller von hier aus, gemeinsam mit Heinz Dressler und Steffen Sander, den Mordfall Oster abgewickelt. Der Posten hatte den unschätzbaren Vorteil, nur fünf Kilometer vom Château entfernt zu sein.

»Kann sein, dass ich bei Ihnen wieder mein Hauptquartier aufschlagen muss.«

Poschmann war anzusehen, wie er sich freute bei dem Gedanken, dass ein bisschen Farbe in seinen grauen Alltag kommen würde. Er begann sofort die Akten, die auf dem Schreibtisch gestapelt waren, wegzuschaffen.

»Ihr alter Platz, Herr Burgstaller.«

Während er den kleinen Tisch herrichtete, der an der Schmalseite des Raumes neben dem Fenster stand, fragte er: »Es kommt doch sicher noch ein Kollege dazu?«

»Ja, Steffen Sander.«

»Ach, Ihr Praktikant?«

»Mittlerweile ist er Kommissar.«

Im Eingangsraum waren jetzt Stimmen zu hören.

Poschmann verließ sofort das Vernehmungszimmer, um nachzusehen.

Es waren Steffen Sander und der Zeuge.

Burgstaller bat den Zeugen, ein paar Minuten draußen zu warten. Zuerst wollte er von Steffen ausführlich informiert werden.

»Gestern Abend fiel einem Jogger aus Metz auf«, berichtete Steffen, »dass ein VW T4 Transporter, den er schon vor drei Tagen im Wald stehen sah, noch immer an derselben Stelle stand. Weil ihm das nicht geheuer war, ging er um den Wagen herum und stellte dabei fest, dass ein merkwürdiger Geruch aus dem Auto kam. Er rief die nächste Polizeidienststelle an, die sofort zwei Beamte schickte. Sie brachen das Fahrzeug auf und fanden eine Holzkiste, in der die zusammengekauerte Leiche eines Mannes lag. Weil das Fahrzeug ein deutsches Kennzeichen hatte, wurde der Fingerabdruck der Leiche auch dem BKA zugesandt. Die technischen Daten des Fahrzeugs ergaben, dass es einer Frankfurter Leasing-Firma gehört und letzte Woche geklaut worden ist. Über die Todesursache kann ich dir nichts sagen. Den Umständen nach war mit Sicherheit Fremdeinwirkung im Spiel.«

»Ist denn der Fundort der Tatort?«

»Die französischen Kollegen gehen mit absoluter Sicherheit davon aus, dass der Fundort nur der Ablegeort ist.«

»Gibt es denn einen Hinweis, wo der Tatort gewesen sein könnte?«

»Dazu kann dir vielleicht der Herr Friese was sagen.«

»Dann hol ihn mal.«

Herr Friese war ein untersetzter, älterer Herr, Mitte sechzig, der es allem Anschein nach nicht verwinden konnte, dass der Zahn der Zeit heftig an seinem Skalpell genagt hatte. Geschickt hatte er deshalb das lang gewachsene Resthaar quer über den Kopf verteilt, um alle Bloßstellen zu kaschieren.

Burgstaller wies ihn auf seine Rechte und Pflichten als Zeuge hin und begann die Vernehmung: »Sie waren also ein paar Tage verreist.«

»Ich konnte doch nicht ahnen, dass die den Herrn Petermann umgebracht haben. Mein Gott, das konnte ich doch nicht ahnen! Sonst hätte ich mich doch gleich gemeldet.«

»Schon recht, Herr Friese. Jetzt mal der Reihe nach. Und ganz ruhig. Keiner kann ihnen einen Vorwurf machen.«

Friese atmete ein paar Mal durch und begann dann seine Beobachtungen zu schildern: »Am letzten Montag, kurz vor 12, ist vor Herrn Petermanns Haus ein VW Transporter angefahren, aus dem zwei Männer gestiegen sind.«

»Kurz vor 12? Und das wissen Sie so genau?«

»Ich bin Katholik. Beim Angelusgeläut bete ich immer ein Ave Maria. Deshalb weiß ich, dass es kurz vor 12 war, als die angekommen sind.«

»Wie sahen die aus?«

»Wie Handwerker.«

»Wie Handwerker?«

»Weil sie blaue Schaffhosen anhatten.«

Burgstaller nickte ihm aufmunternd zu.

»Sie gingen auf die Gartentür von Herrn Petermann zu und haben geklingelt. Ich konnte sehen, wie Herr Petermann öffnete und die beiden begrüßt hat. Vielleicht hat er ja einen Wasserrohrbruch oder so was ähnliches, hab ich gedacht. Ich konnte doch nicht ahnen ...«

»Natürlich konnten Sie das nicht, Herr Friese«, beruhigte ihn Burgstaller.

»Nach einer guten halben Stunde jedenfalls ...«

»Haben Sie denn die ganze Zeit über auf Herrn Petermanns Haus geschaut?«

»Das nicht. Aber ich war im Vorgarten dabei, meine Hecken zu stutzen. Verstehn Sie? Nach ungefähr einer halben

Stunde ist der Größere der beiden rausgekommen und hat die Seitentür von dem Transporter aufgemacht. Er hat eine ziemlich große Holzkiste rausgezogen und ins Haus getragen.«

»Wie groß war denn die Kiste in etwa?«

»Ich würde sagen – gut ein Meter vierzig lang und ... halt eine gewöhnliche Kiste, wie man sie bei Handwerkern oder auf dem Bau sieht.«

»Und dann?«

»Kurze Zeit danach, vielleicht fuffzehn oder zwanzig Minuten später, haben sie mit der Kiste das Haus verlassen. Sie haben sie in den Transporter gewuchtet und sind fortgefahren. Ich hab mir noch überlegt, was da jetzt drin sein könnte. Wahrscheinlich ein Haufen Bauschutt, hab ich gedacht, oder was ähnliches, jedenfalls was Schweres. Na furchtbar! Ich konnte doch nicht ahnen ...«

»Haben die beiden Männer Sie gesehen?«

»Nein, ich stand doch hinter der Hecke.«

»Würden Sie denn die beiden wiedererkennen?«

»Aber sicher!«

»Beschreiben Sie sie doch mal.«

Seine Lippen bewegten sich, als wollten sie die Worte ermuntern, endlich die Zunge zu verlassen, aber sein Bemühen war vergebens. Verzweifelt sah er den Kommissar an.

»LassenSie sich Zeit, Herr Friese. Kaffee?«

»Nein, danke, Herr Kommissar. Doch, jetzt fällt mir was ein: Als Friseurmeister hab ich sofort gesehen, dass einer der beiden ein Toupet getragen hat, ein dunkelblondes, billiges Teil, dem man angesehen hat, dass es nicht aus echtem Haar war. Der Kleinere hatte einen dunklen Teint. Er sah aus wie ’n Südländer. Der mit der Atzel sah nicht ganz so südländisch aus. Mehr kann ich wirklich nicht sagen. Aber ich würde sie wiedererkennen. Ganz bestimmt!«

»Sie haben uns sehr geholfen, Herr Friese. Sollten wir Sie noch brauchen, melden wir uns.«

»Allzeit bereit, Herr Kommissar,« erwiderte er sichtlich gelöst.

Steffen druckte das Protokoll aus und reichte es dem Zeugen, der seine Unterschrift darunter setzte, ohne es durchgelesen zu haben.

»Wollen Sie es nicht erst lesen?«, fragte Steffen.

»Nicht nötig. Ich habe volles Vertrauen.«

»Steffen, fahr doch bitte Herrn Friese nach Hause.« Burgstaller wollte nicht, dass ihn jemand im Streifenwagen sieht.

»Nein, nein, Herr Kommissar, vielen Dank. Ich werde mir jetzt beim Wagner noch einen Schoppen genehmigen.«

»Aber bitte reden Sie mit niemandem über unser Gespräch, ja?«

Als der Zeuge gegangen war, kam Poschmann mit einer Kanne Kaffee und einem Tablett mit zwei Tassen. Er wusste anscheinend noch, dass beide den Kaffee schwarz trinken. Dem Kommissar kam der Kaffee wie gerufen. Um diese Zeit, wenn es auf vier Uhr zuging, legte sich die Nachmittagsmüdigkeit wie ein dichter Schleier lähmend über ihn.

»Wenn du mich nicht, brauchst, Pierre? Ich wollte mit Heinz noch weiter recherchieren.«

»Lass dich nicht aufhalten. Wir sehen uns am Montag zum Essen.«

Gerade, als er vorm Château einparken wollte, fiel ihm ein dass er Maria einen Lorbeerstrauch kaufen wollte. Wenn ich es jetzt nicht mache, mache ich es nie, dachte er. Er kehrte um und fuhr nach Daixheim zur Grumbeerfraa.

Von weitem schon sah er die bunten Blumen, die an beiden Seiten des Eingangstors als Garnitur auf den gestapelten Kartoffelsäcken lagen; ein Trick der Grumbeerfraa, um vorbeifahrende Touristen zu verlocken, einen Blick in den Hof zu werfen, wo sich kleine und große Kürbisse auf dem Boden türmten. Ganz hinten, neben dem Eingang zur Scheuer, standen auf drei Tapeziertischen die Küchenkräuter.

Als er in den Hof fuhr, kam sie gleich auf ihn zu, eine kleine, vom Alter gebeugte Frau. Vor kurzem war sie 85 Jahre alt geworden, von Jugend an im Kartoffelgeschäft tätig, wie es in den Gemeindemitteilungen hieß.

»Grüß Gott, Frau Enders, wie geht's?«

»Sie wisse ja, Herr Kommissar, mit de Johre komme die Kasore. Mer werd halt net jünger.«

»Wo Sie Recht hamn, hamn Sie Recht.«

»Was darf's denn sein?«

»Ein Lorbeerbäumchen.«

»Dann kommen Sie mal mit.«

Sie führte ihn an die Kräutertische.

»Sie wollen doch sicher einen Gewürzlorbeer. Gucken Sie mal ... Ist doch goldig, des hochstämmige Bäumchen hier?«

Als sie 40 Euro sagte, zuckte er kurz.

»Damit können Sie sich bei Ihrer Frau sehr beliebt machen. Das ist eine Anschaffung fürs Leben. Kartoffeln oder sonst was noch?«

»Nein, Frau Enders.«

»Also nix!«, sagte sie und gab ihm 10 Euro heraus.

vier

Höchst zufrieden wachte er am nächsten Tag auf: Ein Fest war das gestern Abend beim Lawall – Lautern gegen Bayern München. Gewettet hätte er, dass die Bayern nach dem zweiten Tor das Spiel noch kippen. Aber es war wie damals, 1998, als Otto Rehhagel die Lauterer zum Deutschen Meister geführt hat; aus der zweiten Liga aufgestiegen und im Durchmarsch auf Platz 1. Nie zuvor hatte es so etwas gegeben. Und gestern wie damals – 2:0! Wenn das mal kein gutes Omen ist?! »Leck mich am Arsch«, hatte sich Altbürgermeister Rebholz gefreut, »das soll uns mal einer nachmachen!« – »Schade, dass der Fritz das nicht mehr erleben darf«, hatte Maria die ausgelassene Stimmung ein wenig gedämpft. Sie meinte das ehrlich, denn sie war zeitlebens ein Fan von Fritz Walter. Das Autogramm, das der große Fritz ihr gegeben hatte, damals, als sie als Zehnjährige mit ihrem Vater auf dem Betze war und mit Herzklopfen auf den Fritz zuging, der neben seiner Frau auf seinem Stammplatz saß, dieses Autogramm bewahrt sie noch heute wie ein Kleinod auf.

Maria schlief noch fest, während er schon eine halbe Stunde wach lag und sich genussvoll vorstellte, mit welch mieser Laune die Herren Hoeneß, Rummenigge, Beckenbauer & Co. seit Stunden sinnierend im Bett liegen und keine Antwort auf die Frage finden, wie das nur passieren konnte.

Es war an der Zeit aufzustehen.

Nachdem er ausgiebig geduscht hatte, machte er sich auf den Weg zum Bäcker. Jedes Mal, wenn er am Schaufenster »ff Backwaren aus eigener Backstubb« las, amüsierte er sich über diese antiquierte Form der Selbstlobpreisung. Aber nichtsdestotrotz: Es stimmte! Der Bäcker Schwefel hatte weit und breit die feinsten Backwaren.

Gar nicht wie sonst stand die Bäckerin heute griesgrämlich hinter der Theke.

»Sie sind der dritte Kunde, Herr Burgstaller. Und das alles wegen dem Fußballspiel.« Sie schüttelte missbilligend den Kopf. »Was darf's denn sein?«

»Wie immer.«

Sie langte mit einem routinierten Griff in einen bis an den Rand gefüllten Korb und holte drei Croissants heraus. Dann streckte sie sich nach rechts, wo frische Baguettes dicht gedrängt wie die Orgelpfeifen darauf warteten, in Euro verwandelt zu werden.

Die Croissants steckte sie in eine Tüte, das Baguette umwickelte sie mit dünnem Papier.

»Die RHEINPFALZ haben Sie ja gestern schon mitgenommen, gell?«

»So isses, Frau Schwefel.«

Bevor er den Kaffee überbrühte, ging er ins Schlafzimmer, um Maria zu wecken.

»Ich hab doch nicht geträumt, dass Lautern ...«

»Nein, das hast du nicht geträumt«, beruhigte er sie.

Gleich darauf rauschte die Dusche.

Ein paar Minuten später kam sie im Bademantel herein.

»Du«, sie nahm einen Schluck Kaffee, »Mayer-Hambachs Schwester hat doch gesagt, dass er eine Geliebte hat?«

»Sie hielt es nicht für ausgeschlossen«, schränkte er ein.

»Eben beim Duschen ist mir Folgendes durch den Kopf gegangen: Die Tatsache, dass er in Spanien gesehen wurde, lässt doch den Schluss zu, dass er nie die Absicht hatte, in Argentinien zu bleiben, oder?«

»Aber weshalb ist er überhaupt dort hin?«

»Zum einen: Weil er eine Spur legen wollte, auf die ihr euch fokussieren solltet, und die Möglichkeit außer Acht lasst, dass er sich in Europa aufhalten könnte.«

»Und zum anderen?«

»Zum anderen ...«, sie stockte und kaute einen Bissen zu Ende. »Vielleicht ist ja seine Geliebte, falls er eine hat, eine Spanierin, und er lebt jetzt dort? Könnte doch sein, oder?«

»Du vergisst, dass Spanien zur EU gehört. Da kannst du nicht einfach so untertauchen.«

»Und wie lange konnte der RAF-Mann – wie heißt er doch? – Hans-Joachim Klein in Frankreich untertauchen? Fast 25 Jahre ... Vielleicht hat er ja einen argentinischen Pass? Könnte doch sein, bei den Beziehungen seines Onkels?«

Sein Handy meldete sich.

Steffen teilte ihm mit, dass ein Mitglied des deutsch-italienischen Kulturvereins, der Kallstädter Winzer Richard Hase heute ein Hoffest veranstaltet.

»Ich könnte mir vorstellen, dass da einige auftauchen, die uns interessieren. Was meinst du, Pierre?«

Was wäre, fiel ihm spontan ein, wenn Maria mit Steffen und den Dresslers hinginge und Aufnahmen machte, damit der Verein endlich ein Gesicht bekommt? Maria ist gewitzt genug, das unauffällig anzustellen. Er selber sollte nicht dabei sein, ihn kannten zu viele.

Nachdem er Maria gefragt hatte, ob sie einverstanden sei, besprach er sich mit Steffen und rief anschließend Dressler an. Er schilderte ihm sein Vorhaben und schlug ihm vor, Gerda mitzunehmen.

»Du meinst also«, fragte Heinz, der das Telefon jetzt laut stellte, »ich sollte heute Nachmittag mit Gerda zu dem Hoffest gehen? Kann ich das denn Gerda zumuten?«

»Es heißt, dass das ein sehr gepflegtes Haus sei. Ich könnte mir vorstellen, dass Gerda sich dort sehr wohlfühlen wird. Maria freut sich schon drauf. Auch das Essen soll hervorragend sein.«

Im Hintergrund hörte er, wie sie ihn ermahnte: »Sag zu! Hast du gehört?«

»Einverstanden.«

Nachdem er aufgelegt hatte, meinte Maria: »Woher kennst du das Weingut?«

»Ich, das Weingut?«, fragte er erstaunt.

»Hast doch eben ...«

»Ach was. Ich wollte doch nur dem Heinz beistehen. Wenn es ihr nicht gefällt, ist nicht er schuld, sondern ich.«

Kurz vor fünf fuhr er Maria nach Kallstadt.

Beide Seiten der Straße, in dem das Weingut Hase lag, waren mit stattlichen Autos zugeparkt. Der Parkplatz, den sie schließlich fanden, war ein ganzes Stück weit entfernt in einer Kurve.

»Die schleppen dich ab, Pierre!«

»Glaubst du wirklich, die Obrigkeit weiß nicht, wer heute hier tagt?«, erwiderte er und stieg aus.

Um nicht gemeinsam gesehen zu werden, wechselte Pierre die Straßenseite.

Beim Näherkommen waren die Klänge einer Dixieland-Kapelle zu vernehmen.

Das bis zum Anschlag geöffnete Hoftor gestattete das gesamte Anwesen auf einen Blick zu überschauen – zur Rechten das Wohnhaus, bis zum First mit Wein bewachsen, und zur Linken ein kleineres, weiß gekalktes Gebäude mit zwei braun gerahmten Sprossenfenstern und einer im gleichen Farbton gebeizten Eingangstür, über der ein Schild angebracht war: PROBIEREN GEHT ÜBER STUDIEREN! Anscheinend fanden hier die Degustationen statt. Daneben, auf einem Podest, standen fünf graubärtige, ältere Herren und machten einen ohrenbetäubenden Krach. Lange, weiß eingedeckte Wirtshaustische liefen auf die Scheune zu, in der links und rechts jeweils ein Tresen aufgebaut war, von wo aus die Gäste mit Essen und Getränken versorgt wurden. Viele Kabel mit bunten Glühbirnen, die ohne erkennbare Ordnung kreuz und quer gespannt waren, nahmen den parallel ausgerichteten Tischen die Strenge. Ein Hobbywinzer ist das nicht, dem dieses Anwesen gehört, dachte Burgstaller.

Zurück im Château packte er sein Saxophon aus und begann zu üben. Er spielte ein paar Tonleitern, erst ganz langsam, dann immer schneller, aber das Horn ließ sich nicht überlisten. Trostlos, wie du mich bedienst! Hörst du denn nicht die kläglichen Töne, die ich von mir gebe? Natürlich hörte er sie. Aber was sollte er anderes tun, als geduldig weiterüben? Nach einer Stunde, endlich, änderte sich die Laune seines Saxophons. Wenn auch weit davon entfernt, zufrieden zu sein, gab es doch ab und zu einen hoffnungsvollen Wohllaut von sich. Das war ganz bestimmt das letzte Mal, dass ich dich so lange allein gelassen habe, beteuerte er ihm und holte Carla Bleys »Dinner Music« aus dem Regal, eine Platte mit kommodem Tempo. Er legte sie auf und begann zaghaft mitzuspielen. Da ihm die Harmonien vertraut waren, gelangen ihm ein paar einigermaßen hörbare Chorusse, auch wenn sein Ton noch immer nicht befriedigend klang.

Gerade als er »Ida Lupino« zum dritten Mal gespielt hatte, sein Lieblingsstück auf der Platte, läutete es.

»Alles geklappt?«

»Ich denke schon«, erwiderte Maria, die von Dresslers ins Château gebracht worden war.

Während er in die Küche ging, um ihr ein Glas Wasser zu holen, setzte sie sich an ihren Laptop und begann die Fotos, die sie gemacht hatte, von der Kamera auf den Rechner zu übertragen.

»Lass uns die Bilder durchsehen«, sprach sie und nahm einen Schluck. »Die doppelten und unscharfen lösche ich gleich. Ich habe natürlich eine ganze Menge aus der Hüfte geschossen.«

Von den siebenundachtzig Aufnahmen blieben letztendlich achtundzwanzig brauchbare übrig.

»Ich rufe mal den Rebholz an.«

»Das war doch ein Spiel gestern, was?«, freute sich der Altbürgermeister noch immer.

»Allerdings. Hoffentlich bleibt's so«, erwiderte Burgstaller. »Aber was ganz anderes, Herr Rebholz: Was haben Sie denn heute noch vor?«

»Meine Frau ist für ein paar Tage zu ihren Leuten nach Bayern gefahren, und ich, ich sitze hier und gebe mich einer professionellen Degustation hin«, erwiderte er gutgelaunt.

»Könnten wir uns da anschließen, meine Frau und ich?«

»Aber klar doch! Ich freue mich.«

Rebholz wies auf den kleinen Tisch hin, an dem drei Stühle standen.

»Bitteschön.«

»Wir haben ein Anliegen, Herr Rebholz.«

»Hab ich mir schon gedacht. Doch zuerst mal ein Fläschchen Riesling.«

Er nahm eine angebrochene Flasche aus dem Weinkühlschrank, schraubte sie auf und goss ein.

»Zum Wohlsein.«

»Das ist ja ein Träumchen«, begeisterte sich Maria.

»Das dürfen Sie ruhig laut sagen.«

Burgstaller schilderte ihm sein Anliegen und wie die Fotos zustande gekommen waren.

»Sie waren doch ursprünglich mal Kriminalbeamtin, Frau Burgstaller?«

Maria nickte.

»Die Heirat mit diesem Herrn hat Sie veranlasst, den Dienst zu quittieren. Aus privaten Gründen, nehme ich an?«

»Ja. Wenn der eine zum Dienst geht, und der andere gerade kommt, ist nicht mehr viel mit Privatleben.«

»Und dann haben Sie Ihre Passion zum Beruf gemacht?«

»Sie sind gut informiert, Herr Rebholz.«

Bescheiden winkte er ab.

»Hab das mal erzählt bekommen ... Jetzt zeigen Sie mal Ihre Fotos.«

Maria gab ihm die Kamera in die Hand.

»Auf den linken Knopf drücken.«

Rebholz klickte und begann zu schmunzeln.

»Da haben wir einen Immobilienfachmann. Mit Verlaub, Madame, ein kleines Arschloch, eitel bis auf die Knochen, und bauernschlau. Und der hier«, er deutete auf ein feistes Gesicht, in das gerade ein dickes Stück Schweinsbraten geschoben wurde, »das ist einer, der noch nie einen anständigen Wein im Keller hatte, aber so tut, als wäre er der Bürklin-Wolf. Alles in allem aber ein harmloser Geselle.«

Burgstaller nahm sein blaues Büchlein und trug die Fotonummern und die dazugehörigen Namen ein.

»Der hier«, fuhr Rebholz fort, »ist ein Drogist, ein braver Geschäftsmann, der halt gerne mal in der Zeitung steht.« Der nächste war ein Mann mit einem hageren, ernsten

Gesicht, in grauem Anzug und mit Krawatte. »Abteilungsleiter bei der BASF, anständiger Kerl, der sich auch sozial engagiert. Genau wie der hier ... Aber der hier«, Rebholz grinste vor sich hin, »das ist der Rechtsanwalt ... ich komme jetzt nicht auf seinen Namen. Der gibt sich ganz besonders seriös. Den hat noch nie einer ohne Schlips gesehen. Der geht bestimmt im Anzug ins Bett.« Rebholz wusste, dass der Anwalt vor einigen Jahren einen Prozess am Hals hatte, in dem er beschuldigt worden war, sich das Erbe einer alten Dame erschlichen zu haben. »Glimpflich davongekommen, knapp am Berufsverbot vorbei.«

Jetzt kamen ein paar Personen, die Rebholz nicht kannte.

»Da haben wir wieder einen«, lachte er. »Das ist der Windigsten einer: Thilo Friedrich, ein Weinkommissionär aus Kallstadt. Der alde Schuldebuckel ist letztes Jahr mit einer zweijährigen Haftstrafe auf Bewährung davongekommen, wegen Betrugs. Und hier – unser Freund Maik Sehberg.« Ein Mann von schätzungsweise Mitte bis Ende vierzig. Das markante Kinn und die scharf geschnittene Nase gaben ihm ein unverwechselbares Aussehen. Auffallend auch seine Augen, die tief in den Höhlen lagen, als wollten sie alles aufnehmen, aber nichts preisgeben. »Von dem habe ich Ihnen ja schon erzählt«, fuhr Rebholz fort. »Zu dem Zeitpunkt, als die Mauer fiel, war der noch Immobilienmakler in Ludwigshafen. Er hat aber sofort gewittert, dass es im Osten jetzt drunter und drüber geht. Was hat er gemacht? Er hat sich als sogenannter Projektentwickler nach Neufünfland abgesetzt. Sie wissen ja: in Umbruchzeiten zeigt sich das wahre unternehmerische Talent. Und wenn das gepaart ist mit einer ordentlichen Portion krimineller Energie, dann ist so einer nicht mehr zu bremsen ... Und jetzt, jetzt werden wir zur Feier des Tages noch einen Sauvignon blanc degustieren.«

Er stand auf und holte eine halbvolle Flasche aus dem Kühlschrank – ein 2009er der Winzergenossenschaft Weinbiet aus Neustadt-Mußbach.

»Zwei zu null«, brummte er vor sich hin, während er eingoss. »Das macht uns so schnell keiner nach. Wohlsein!«

Genießerisch verkosteten sie den ersten Schluck.

»A la bonne heure, Herr Rebholz, phantastisch«, lobte Maria.

»Im Allgemeinen neige ich ja zum Widerspruch, in diesem Fall aber stimme ich Ihnen uneingeschränkt zu.«

Er stellte sein Glas ab und nahm wieder die Kamera in die Hand. Nach zwei Klicks hob er den Kopf und sah den Kommissar an.

»Und hier«, sprach er im Tonfall der Amtlichkeit, »hier haben wir den zweiten Obermaschores, den Signore Pietro Sebastiani.«

Ein bulliger Mann von Mitte vierzig, die gegelten schwarzen Haare straff zurückgekämmt, die oberen Knöpfe seines weißen Hemds geöffnet; um den Hals eine grobgliedrige Goldkette mit einem Kreuz daran, eingebettet in eine Matte schwarzer Brusthaare. Genau der Typ, wie er in Mafia-Filmen besetzt wird, damit der Zuschauer sofort weiß: Das ist der Haudrauf, der Mann fürs Grobe; der schießt seinem besten Freund ein Loch inden Kopf, wenn der Clan es verlangt.

Die übrigen Personen kannte Rebholz nicht, vermutete aber, dass sie mehr oder weniger alle dem Kulturverein angehörten. Zu Burgstallers Bedauern war keiner dabei, der nur annähernd auf Boländers Beschreibung der Täter gepasst hätte. Wieso auch? Wahrscheinlich waren es Auftragskiller, die sich längst abgesetzt haben.

fünf

Gegen zehn Uhr fuhr Burgstaller nach Ludwigshafen zum Rechtsmedizinischen Institut.

Es war immer dasselbe, jedes Mal, wenn er vor dem Gebäude stand, hatte er einen Kloß im Hals, den er zuerst einmal schlucken musste. Und wenn er dann in den Sektionsraum kam, spürte er, dass er einen Blutdruck hatte, und zwar einen ziemlich niedrigen. Erst wenn die Leiche aus der Kühlkammer herausgefahren wurde, begann sich sein psychophysischer Zustand langsam zu normalisieren. Wenn dann die Rechtsmediziner ihren Sermon begannen, schaltete er ab. Er hörte nichts mehr und sah nichts mehr, er war wie in einem Verlies, in das kein Laut eindrang. So war es auch heute. Erst als Dr. Teichmüller zusammenfasste: »Wir gehen also davon aus, dass dem Opfer eine letale Dosis Fentanyl injiziert worden ist«, war er schlagartig wieder da.

Auf dem Nachhauseweg wiederholte Burgstaller in Gedanken, was die Rechtsmediziner erkannt hatten. Der Schluss, dass es sich um dasselbe Strickmuster gehandelt hat wie bei dem Mordversuch an Boländer, lag auf der Hand, auch dass es dieselben Täter waren, war nahezu zwingend. Aber das Motiv? Was war das Motiv? War es der Verdacht, Boländer und Petermann könnten mehr wissen, als sie tatsächlich wussten ...? Jeder, der in einem Rechtsstaat lebt, weiß aber doch, und gerade die Ganoven wissen es, dass vor Gericht ein vager Verdacht keinen Pfifferling wert ist.

Er rief Maria an.

»Wollen wir eine Kleinigkeit essen? Beim Wagner?«

»Du hast nicht vergessen, dass wir heute Abend ...?«

»Natürlich nicht. Aber eine kalorienarme Franzosensuppe?«

Er holte sie ab und sie fuhren nach Daixheim.

Oh nein, dachte er, als sie den Schankraum betraten und er sah, wie der alte Wagner erstarrte.

»Herr Kommissar! Wir sind ja so erschrocken ...«

Weiter kam er nicht. Burgstaller sah ihn beschwörend an, während er ihm die Hand zum Gruß entgegenstreckte.

»Es ist alles in Ordnung, Herr Wagner!« Das klang nicht wie eine Feststellung, das war ein Befehl.

Wagner, dem der Kinnlade runterfiel, hatte allem Anschein nach verstanden: »Bitte sehr, Herr Kommissar.« Er zog zwei Stühle bei und deutete mit beiden Händen darauf. »Bitte sehr!«

Burgstaller atmete durch, als wäre er gerade noch einmal davongekommen, und nickte Wagner freundlich zu.

»Für meine Frau ein Piffchen Weißburgunder«, er sah Maria fragend an, die zustimmend nickte, »und für mich eine Weißweinschorle, tiefgespritzt. Sie wissen schon, Herr Wagner?«

»Natürlich. Mit viel Wasser. Sehr wohl die Herrschaften.«

Auch wenn sie ihren Mann ein wenig beneidete, dass er so direkt sein konnte, war es wieder einmal eine dieser Situationen, die ihr mehr als peinlich waren. Nie hätte sie es fertiggebracht, diesen freundlichen Mann so auszubremsen, sich aber anschließend bestimmt geärgert, wenn das ganze Lokal sie neugierig begafft hätte.

Die Franzosesupp war – wie würde doch Jacques sagen? – extraordinaire. Neben dem Elwedritsch-Gemüs war die Franzosesupp Frau Wagners Spezialität. Da konnte weit und breit keiner mithalten.

»Herr Wagner, Ihre Frau ist ein Ereignis«, sagte er, als Wagner den Tisch abräumte.

»Wirklich wahr«, ergänzte Maria.

In Wagners breitem Gesicht ging die Sonne auf.

»Das werd ich Ihr sagen.«

»Wann fährst du nach Ludwigshafen?«, wollte Maria wissen.

»Gleich jetzt.«

»Nimmst du mich mit? Der Kunstverein hat mich zu einer Gruppenausstellung eingeladen. Ich will mir die Räumlichkeiten ansehen.«

Am Kunstverein setzte er Maria ab und fuhr zum Präsidium.

»Das ist ja eine Ewigkeit her, dass ich Sie das letzte Mal gesehen habe«, hörte er, gerade als er ausstieg, die sonore Stimme des Präsidenten hinter sich.

»Sie, Herr Präsident?« Ganz schön zugelegt, der Alte, schoss es ihm durch den Kopf.

Glücklicherweise jaulte das präsidiale Handy.

»Olbrich ... Halten Sie ihn auf! Ich bin sofort oben«, sprach er aufgeregt hinein. »Der Herr Minister ist am Telefon!«, seufzte er und spurtete die Treppen hoch zum Eingang, wo gerade der Spuren-Reisner herauskam.

»Offen lassen!«, rief er und jagte ins Innere.

»Was ist denn mit dem los?«

»Der Herr Minister ist am Telefon«, erwiderte Burgstaller süffisant.

»Ich hab mit dem Gustl gesprochen«, Reisner deutete auf Burgstallers Schenkel. »Das hätte ja ganz schön schief gehen können?«

»Das war das erste, was Maria von dem Doktor wissen wollte«, log er.

»Mann, hast du ein Glück.«

Was wollte Reisner damit sagen? Glück – dass es ihn nicht zehn Zentimeter zur Mitte hin getroffen hat? Oder dass er eine Frau hatte, der diese zehn Zentimeter nicht unwichtig waren?

»Wie lange hab ich Sie nicht mehr gesehen, Chef?«, strahlte ihn seine langjährige Sachbearbeiterin an, als er ins Büro kam.

»Gut sehen Sie aus, Frau Enslein.« Die Jahre scheinen spurlos an ihr vorüberzuziehen, wunderte er sich. Wie ein frisch geernteter Apfel sieht sie aus, rund und ohne Schrammen und Falten.

»Wir haben uns natürlich gesorgt ...«

»Sie sehen ja, Frau Enslein, es ist alles wieder in Ordnung. Und, Frau Enslein ... was hat er gesagt, Ihr Mann?«

»Ist doch sensationell, Chef, oder? Ich kann's immer noch nicht glauben. Mein Mann hat aber schon vorher gesagt: Diesmal gibt's eins auf die Seppelhosen! Das hat er wirklich gesagt.«

Burgstaller staunte wieder einmal über Herrn Enslein, der in seinen jungen Jahren in der Reserve des FCK gespielt hatte, und dreimal sogar in der 1. Mannschaft. Profis sehen halt doch mehr als unsereiner.

Er setzte sich an seinen Schreibtisch und begann die Vermerke zu seinen Befragungen, die Frau Enslein in den La-Palma-Fall eingearbeitet hatte, zu korrigieren.

Gerade, als er fertig war, kam sie und flüsterte: »Es ist soweit!«

Heinz Dressler kam herein und berichtete, dass er noch einige Erkundigungen über Pietro Sebastiani eingezogen habe.

Er klappte seinen Laptop, den er auf Burgstallers Schreibtisch gestellt hatte, auf und begann: »In aller Kürze, Pierre: Seine Mutter war Pfälzerin, sein Vater stammte aus Kalabrien und hat zuerst von Landau, dann von Dürkheim aus mit Südfrüchten gehandelt. Er hat Pietro als Achtzehnjährigen für ein halbes Jahr nach Kalabrien geschickt, damit er dort das Handwerk von der Pike auf kennenlernt. Kannst dir vorstellen, was das für ein Handwerk war... Schließlich sollte er irgendwann mal seine Nachfolge antreten. Seit seinem Tod ist Pietro der Patron.«

»Ist das alles?«

»Was heißt hier alles?«

»Alles heißt alles. Bleib halt dran.«

»Natürlich bleib ich dran.«

»Solltest du auch. Die Zeiten haben sich geändert, mein Lieber!«

Wenn Dressler etwas nicht ausstehen konnte, dann, ihm auch nur mit der leisesten Andeutung zu unterstellen, er hätte nicht hart genug gearbeitet.

»Ich reiß mir den Arsch auf und du redest daher ...!« Verärgert drehte er sich um und ging auf die Tür zu.

»Vergiss nicht deinen Laptop«, rief Burgstaller ihm freundlich nach.

Wütend kam er zurück und klappte seinen Laptop zu.

»Übrigens«, grinste Pierre, »ich soll dir schöne Grüße vom Alten ausrichten.«

»Der kann mich auch!«

»Bist befördert worden, Kollege!«

»Bitte?«

»Ich sagte doch: Die Zeiten haben sich geändert.«

In diesem Moment kam Steffen mit vier Gläsern und einer Flasche Winzersekt aus dem Nebenraum, gefolgt von Frau Enslein.

»Gratuliere, Herr Erster Kriminalhauptkommissar.«

»A13«, ergänzte Burgstaller grinsend.

Dressler machte ein Gesicht, als wüsste er sich nicht zu entscheiden, ob er noch verärgert sein sollte oder sich jetzt freuen durfte.

»Die Urkunde kriegst du vom Alten höchstpersönlich überreicht. Wir durften es dir aber schon mal sagen.« Burgstaller klopfte ihm auf die Schulter. »War ja auch an der

Zeit.« Er bückte sich unter den Schreibtisch und tauchte mit zwei Flaschen Wein wieder auf. »Die sind von Frau Enslein, Steffen und mir. Für dich und deine charmante Gattin.«

Gerade war Steffen dabei, die Gläser zu füllen, als Maria hereinkam.

»Mensch, Heinz, ich hab's schon gehört. Gratuliere!« Sie umarmte ihn und meinte: »Das war aber auch längst fällig.«

»Ihr macht ja gerade, als wär ich Präsident geworden«, wehrte er bescheiden ab.

»Du glaubst doch nicht, dass wir dir dann gratuliert hätten?«, knurrte Burgstaller. »Alla hopp«, wandte er sich an Maria, nachdem er sein Glas ausgetrunken hatte. »Bis später, Kollegen. Sieben Uhr im Château.«

Im Auto berichtete er Maria von Dresslers Recherchen.

»Du meinst, das sieht mafiös aus?«

Pierre zuckte mit den Schultern.

»Ich muss mehr wissen.«

»Vernehmung?«

»Ist mir zu früh. Kein Ansatzpunkt. Ich würde nur die Pferde scheu machen.«

»Immerhin, ein Zusammenhang ist doch jetzt unverkennbar, oder?«

Er warf ihr einen skeptischen Blick zu.

»Überleg mal«, fuhr sie fort, »ein Mensch ist umgebracht worden, und ein zweiter fast. Das einzige, was die beiden Opfer verbindet, ist die Beteiligung an einem Immobiliengeschäft; mehr nicht.«

Er setzte Maria vorm Château ab und fuhr nach Daixheim.

Gerade öffnete er die Tür zum Büro, als Klaus Ruprecht anrief, der neue Kollege im Kommissariat.

»Du hast doch den Friseurmeister Heinrich Friese vernommen?«

»Ja.«

»Der wurde vor ’ner halben Stunde auf dem Friedhof in Dürkheim tot aufgefunden.«

»Das gibt es doch nicht!«

»Erschossen. Seine Nachbarin, eine Frau Kessler, hat ihn gefunden. Falls du sie vernehmen willst, wir haben sie gebeten, sich zur Verfügung zu halten.«

Zuerst fuhr er zum Friedhof, wo die Spurensicherer zugange waren. Fast gleichzeitig traf Heinz Dressler ein. Dressler packte seine Kamera aus, legte einen Overall an und ging an das Grab, an dem sich Spuren-Reisner und zwei Kolleginnen zu schaffen machten.

Das Opfer lag bäuchlings auf dem Grab, die Arme ausgebreitet wie ein Gekreuzigter. Ein dicker Strauß roter Rosen lag neben ihm. Die Scherben einer großen Vase aus Porzellan, die auf die marmorne Umsäumung gefallen war, lagen oberhalb seines Kopfes.

Eine der Kolleginnen kam auf Burgstaller zu, um ihm den Stand der Dinge zu schildern.

»Er ist regelrecht hingerichtet worden. Genickschuss.«

»Zeugen?«

Die Kollegin zuckte mit den Schultern.

Da es für ihn nichts zu tun gab, machte er sich auf den Weg zur Nachbarin des Opfers.

Noch während er auf den Klingelknopf drückte, öffnete eine ältere Frau die Tür, als hätte sie die ganze Zeit über dahinter gestanden und auf ihn gewartet.

Er hielt ihr seine Dienstmarke hin und folgte ihr ins Haus.

»Sie sind Frau ...?«

»Frau Kessler.« Sie zitterte am ganzen Leib. »Sie können sich nicht vorstellen, welchen Schock ich gekriegt habe, als ich auf den Friedhof kam und ... ich muss doch immer an Frau Frieses Grab vorbei, wenn ich zum Grab von meinem Mann gehe.«

Burgstaller nickte ihr verständnisvoll zu.

»Furchtbar, Herr Kommissar. Ich hab ihn noch gestern Abend gesehen, wie er mit dem Strauß Rosen ...« Sie begann zu schluchzen. »Entschuldigen Sie, Herr Kommissar.« Sie tupfte sich die Tränen weg und fuhr mit zittriger Stimme fort: »Das wird sie freuen, hat er zu mir gesagt. Sie hat doch morgen Geburtstag, hat er gesagt. Er sprach immer von seiner Frau, als würde sie noch leben.«

Jetzt heulte sie hemmungslos.

Burgstaller fuhr ihr mit der Hand sanft über den Rücken.

Es klingelte.

Sie stand auf und drückte auf den Türöffner.

Es war eine Nachbarin.

Burgstaller verabschiedete sich und ging.

Er war sich nicht sicher, ob er den Geburtstag von Frau Friese auf dem Grabstein gelesen hatte. Deshalb rief er Dressler an, der noch dabei war, alle Daten für den Tatortbefundbericht festzuhalten. Dressler bestätigte ihm, dass Geburts- und Sterbejahr auf dem Grabstein standen, aber kein Geburtstag.

»Siehst müde aus«, empfing ihn Maria, die gerade mit einer Handvoll Petersilie aus ihrem Kräutergärtchen kam.

Nachdem er ihr erzählt hatte, was passiert war, meinte sie: »Das heißt doch, dass die Täter den Geburtstag kannten. Sie durften damit rechnen, dass er an dem Tag an ihr Grab geht. Nur – woher hatten sie die Information?«

»Vielleicht aus dem Netz?«, erwiderte er.

Maria ging an ihren Laptop und begann zu googeln.

»Hast recht. Hier steht, dass sie 38 Jahre lang gemeinsam einen Friseursalon geführt haben, und dass sie, Elisabeth Maria Friese, am 8. August 1946 in Landau geboren wurde.«

»Das beantwortet nicht die Frage, woher die Täter wussten, dass sie von Friese beobachtet worden waren.«

»Der hat sich um Kopf und Kragen geredet, was denn sonst? Die knallen doch nicht auf Verdacht einen ab, nur weil er gegenüber wohnt, und sie gesehen haben könnte, oder? Dann könnten sie ja die halbe Straße abknallen. Nein, nein, die wussten, dass er vernommen worden war.«

»Dabei habe ich ihm ausdrücklich gesagt, er soll den Mund halten. Ich fahr mal zum Wagner. Er wollte dort noch einen Schoppen trinken.«

Wagner bestätigte, dass Friese bei ihm war. Die ganze Zeit über hätte er sich mit Josef Tietz, dem Leiter des hiesigen Minimarkts, unterhalten. Beide seien nicht gerade befreundet gewesen, aber sie hätten sich viele Jahre gekannt, Tietz sei über Jahrzehnte Frieses Kunde gewesen. Über was sie geredet hätten, das wisse er nicht.

»Es kann doch nur so sein, dass der Täter seine Informationen von jemand bekommen hat, der Friese kannte, wusste, wo er wohnte, und der gesehen oder gehört hat, dass Friese in Daixheim zur Vernehmung war. So und nicht anders muss es gewesen sein, oder?«, meinte Maria.

»Aber wer war es, der den Täter informiert hat? War es dieser Tietz? Oder hat Friese noch mit anderen darüber gesprochen?«

»Ich muss mich mal langsam ums Essen kümmern. Und du solltest dich 'ne halbe Stunde aufs Ohr legen.«

»Mach ich auch«, erwiderte Pierre und fläzte sich aufs Chaiselongue.

Nach ein paar Minuten war er eingeschlafen.

Als er wach wurde, rief er Dressler an.

»Hast du Informationen über einen gewissen Josef Tietz?«

Burgstaller hörte, wie Dressler auf den Tasten seines Laptops hämmerte.

»Der gehört zum Kulturverein. Aber mehr weiß ich auch nicht. Bis nachher.«

»Pierre«, Maria kam aus der Küche, »du wirst nur schwer aufdröseln können, wer was wem erzählt hat. Es muss ja nicht zwingend dieser Tietz gewesen sein. Oder wie siehst du das?«

»Genau das habe ich eben gedacht.«

»Komm doch mal in die Küche. Wir können ja miteinander reden, während ich die Fleeschknepp mache.«

»Du machst Fleeschknepp?« Ein Strahlen ging über sein Gesicht

»Mit frischem Meerrettich.«

Fleeschknepp gehörten zu seinen Lieblingsgerichten. Wenn Maria sie machte. Im Gasthaus aß er schon lange keine Fleeschknepp mehr. Nur beim Lawall und beim Wagner war er sich sicher, dass auch Kalb drin ist und die Sauce immer aus frischem Meerrettich zubereitet wird.

Während sie Petersilie hackte, meinte sie: »Du wirst nie erfahren, auf welchem Weg die Information zum Auftraggeber gekommen ist. Meinst du nicht?«

»Einverstanden. Und?«

Maria drückte zwei in Milch eingelegte Scheiben Toastbrot aus und gab sie in die Schüssel, in der je ein Drittel Rinds-, Schweine- und Kalbsgehacktes lagen, würzte mit Senf, frisch gemahlenem Pfeffer, Salz und Muskat, und gab die Petersilie, die sie mit zwei Eiern verkleppert hatte, und zwei kleingehackte Zwiebel dazu. Dann begann sie mit einem Kochlöffel die Masse durchzuarbeiten. Anschließend stellte sie die Schüssel in den Kühlschrank.

»Reicht das denn? Wir sind zu viert?«, argwöhnte er.

»Ein Kilo Gehacktes wird doch wohl reichen? Es gibt ja vorweg noch einen Salat ... Jetzt mal weiter«, sprach sie, während sie von zwei Thymianzweigen die Blättchen abzupfte, die sie in die Masse zu geben vergessen hatte.

Gerade setzte sie an, den Faden wieder aufzunehmen, als das Handy summte.

Da es auf dem Tisch lag, hatte Pierre keine Mühe, seiner habhaft zu werden.

»Sie, Frau Munzing?«

Ohne Gründe zu nennen, bat sie um ein Gespräch mit ihm.

Burgstaller verbarg seine Überraschung, so gut er konnte, und schlug ihr in einem bemüht lakonischen Ton vor: »Morgen früh gegen zehn Uhr bei Ihnen?« Wahrscheinlich ist ihr das lieber als der Besuch in einer Polizeistation.

»Einverstanden«, erwiderte sie.

Es ging auf sieben Uhr zu.

»Komm, reib mal den Meerrettich.«

Sie stach mit einem Suppenlöffel eigroße Fleischklöße ab und gab sie für die nächsten fünfzehn, zwanzig Minuten in die siedende Fleischbrühe.

»Die Kollegen sind doch pünktlich?«

»Na, du kennst doch Heinz, und auf Steffen ist genauso Verlass.«

In diesem Augenblick klingelte es.

Jeder der beiden hatte eine Flasche Weißwein dabei.

»Das wäre aber doch ...«

»... nicht nötig gewesen«, ergänzte Heinz Dressler und stellte seine Flasche auf den Tisch – ein 2007er Deidesheimer Langenmorgen von Bürklin-Wolf.

Burgstaller gab ein »Oh!« von sich, das tiefste Befriedigung ausdrückte.

»Ich wollte nur mal kund tun«, Steffen hielt Pierre seine Flasche demonstrativ entgegen, »dass es auch im Saarland trinkbaren Wein gibt.«

»Und woher weißt du das?«, entgegnete Pierre und klopfte ihm auf die Schulter. »Danke, Steffen.«

Während sie den Salat aßen, berichtete Pierre, dass Mayer-Hambachs Schwester angerufen hatte.

»Du meinst ...«

»Ich meine nichts«, brach Pierre Dresslers Frage ab.

»Mayer-Hambach war doch sozusagen der Strohmann, oder?«, sprach Steffen in einem nachdenklichen Ton.

Pierre aß bedächtig nickend seinen Salat weiter.

»Das setzt aber doch voraus, dass der oder die Investoren vollkommenes Vertrauen in ihn hatten, oder?«

Pierre wusste nicht, worauf Steffen hinauswollte.

»Davon gehe ich aus.«

»Glaubst du denn, dass er von Anfang an vorhatte, sich mit dem Geld abzusetzen? Ich kann einfach nicht glauben«, fuhr Steffen fort, »dass ein Mann in seiner Position – guter Ruf, gut gehende Kanzlei, schuldenfreies Anwesen – mir-nix-dir-nix abhaut, mit der nicht unwahrscheinlichen Aussicht, im Knast zu landen oder gar von seinen Geschäftspartnern ins Jenseits befördert zu werden.«

Das war die Frage, die Burgstaller sich von Anfang an gestellt hatte. Wüsste er sie zu beantworten, wäre es nicht der schwerste Fall seiner Karriere.

Er stellte die Salatteller zusammen und trug sie in die Küche, gefolgt von Maria, die den Hauptgang vorbereitete.

»Auch ich habe das Gefühl, dass es dem nicht darum geht, sich einen schönen Lenz zu machen«, schaltete sich Dressler ein.

»Vielleicht werde ich ja morgen von seiner Schwester etwas erfahren, was uns weiterhilft.«

Maria stellte den Topf auf den Tisch und gab mit dem Suppenlöffel auf jeden Teller vier Fleeschknepp und etwas Brühe. Dann streute sie Meerrettich hinein.

»Von Pierre frisch gerieben. Guten Appetit, die Herren.«

Genießerisch warfen die Herren lange Blicke in ihre Teller.

»Zuerst aber mal ein Prosit auf die famose Köchin«, sprach Dressler und hob das Glas.

»Schon der Anblick ...!«, begeisterte sich Steffen und nahm den ersten Bissen zu sich. »Einfach sensationell, Maria! Wirklich sensationell!«

Geschmeichelt gab Maria ein »Danke« von sich, während ihr Mann wieder einmal dachte: Diesem Schwärmer könnte Maria Ekelfleisch auf den Teller legen, der würde sich genauso verwundern. Dennoch, er musste zugeben – die Fleeschknepp schmeckten wirklich sensationell.

»Ich kenne das nur als Meerrettichsauce. Weißt schon – Mehlschwitze und so. Aber das hier, frischer Meerrettich in ein bisschen Brühe ... formidable«, schwärmte Heinz.

sechs

Gerade war Burgstaller ins Büro gekommen, als Dressler anrief, um ihn über die Obduktion und das, was das LKA über die Tötungswaffe herausgefunden hatte, zu informieren.

Er stellte auf laut, damit Steffen mithören konnte.

»Wer's nicht schon wusste«, beendete Dressler seine Ausführungen, »der weiß es jetzt: Wir haben es mit hochkarätigen Profis zu tun.«

»Ich melde mich später.«

»Sag mal, Pierre, von welcher Waffe hat Heinz gesprochen? Ich hab das nicht so ganz verstanden.«

»Von der Joniskeit P Combat super Kaliber 9 mm. Eine Pistole mit Schalldämpfer. Das ist eine ziemlich kleine Waffe, kaum größer als eine Handfläche. Der traut man gerade mal zu, dass sie das berühmte Loch in den Eimer schießt, mehr aber nicht. Dabei hat sie eine beachtliche Durchschlagskraft.«

»Und die Munition?«

»Sogenannte Sub-Sonic-Munition. Die ist speziell für den Schalldämpfer entwickelt worden. Der Unterschied zu herkömmlicher Munition ist der, dass Sub-Sonic-Geschosse langsamer fliegen, das heißt, unter 300 Meter pro Sekunde, mit dem Effekt, dass ein Geschoßknall nicht auftreten kann. Das erklärt auch, weshalb keiner, der zu dem Zeitpunkt auf dem Friedhof war, was gehört hat.«

»Woher weiß du das alles?«, staunte Steffen.

»Woher ich das weiß? Das kommt daher, dass ich mich mein Leben lang sehr intensiv mit philatelistischen Problemen beschäftigt habe.«

Er machte sich auf den Weg zu Mayer-Hambachs Schwester nach Freinsheim.

Am Historischen Rathaus stand, wie fast immer, wenn er hier vorbeikam, ein Hochzeitspaar auf der Freitreppe, umgeben von einer Heerschar von Verwandten und Freunden, während der Fotograf mit seiner Kamera auf der gegenüberliegenden Straßenseite stand und überflüssigerweise rief: »Jetzt mal ein freundliches Gesicht, bitte!« Gerade hatte er die letzte Aufnahme gemacht, als sich vier Männer aus dem Pulk lösten und auf die Straße eilten, um noch zu ein paar Fotos zu kommen, bevor die Hochzeiter wieder ihr Alltagsgesicht aufsetzten und die Treppe zum ersten Umtrunk hinunterschritten.

Gegen das, was er hier erlebte, war seine Hochzeit mit Maria damals eine sehr bescheidene Veranstaltung gewesen; nur Marias und seine Eltern waren dabei. Schon eine Stunde nach dem gemeinsamen Mittagessen saßen sie im Zug. Maria hatte sich eine Woche Paris als Hochzeitsreise gewünscht. Was beiden noch bis heute lebhaft in Erinnerung geblieben ist, war nicht der Eiffelturm und auch nicht der Place Pigalle, sondern, dass Maria das Portemonnaie geklaut bekam, kaum dass sie den Gare de l'Est verlassen hatten. Seitdem, wenn er in der Zeitung Gare de l'Est las, sah er sich mit seiner frisch Angetrauten auf der deutschen Botschaft stehen, wo sie drei Stunden darauf warten mussten, einen vorläufigen Personalausweis ausgestellt zu bekommen.

Ganz in seinen Gedanken versunken stand er plötzlich vor Ella Munzings Haus.

Kurz nach seinem Läuten summte der Öffner, ohne dass nach seinem Namen gefragt worden war.

Frau Munzing führte ihn in das Zimmer, das er von seinem ersten Besuch her kannte. Nichts hatte sich verändert. Die drei Tische waren noch immer vollgeladen mit Papieren, Kameras, Fotoabzügen, Büchern und Schreibkram.

Anscheinend hatten seine Augen, ohne dass ihm das bewusst war, zu lange auf dem Tohuwabohu verweilt, denn sie sprach mit einem entschuldigenden Lächeln:

»So sieht es leider immer bei mir aus.«

Burgstaller überspielte sein peinliches Berührtsein mit einem Lachen: »Die Hauptsache, Sie finden, was Sie suchen.« Er musste an sein Handy denken, das sich ständig vor ihm versteckte.

Auf dem Tisch standen eine Flasche Wasser und zwei Gläser.

»Man soll bei dieser Hitze viel trinken. Darf ich?« Sie griff nach der Flasche.

»Gern«, erwiderte Burgstaller.

»Herr Kommissar, ich bin zu der Überzeugung gelangt«, begann sie unvermittelt, »dass ein anderes Motiv hinter dem Verschwinden meines Bruders stecken muss, als sich einen schönen Lenz auf anderer Leute Kosten zu machen.«

Genauso hatte sich Dressler ausgedrückt.

»Aber welches?«

»Wenn ich das nur wüsste.« Mit einem Ausdruck der Resignation sah sie den Kommissar an und öffnete beide Hände, als wollte sie sagen: ich verberge nichts.

»Vielleicht kommen wir ja gemeinsam dahinter, Frau Munzing. Ist denn Ihr Bruder ...«, er überlegte, wie er sich äußern sollte, ohne dass seine Worte von einem kränkenden Unterton begleitet wurden, »eher ein Mensch, der nur die heitere Seite des Lebens oder ...?« Wie so oft unterbrach er sich und beobachtete dabei die Reaktion seines Visavis.

»Man könnte das annehmen, wenn man an seine Studentenzeit denkt«, sprach sie. »Ich weiß gar nicht, wann der mal studiert hat. Der war meistens, zumindest im Sommer, auf den Corridas in Madrid, Barcelona, Pamplona und weiß Gott wo.«

Deshalb brauchte er ja nicht acht, sondern 16 Semester.

»Er hatte in der Zeit eine spanische Freundin?«, warf Burgstaller ein.

»Ja. Margarita. Ich habe sie sehr gemocht.«

»Das ging aber auseinander?«

»Margarita wollte, wie ich später von meinem Bruder erfahren habe, klare Verhältnisse. Sie müssen sich vorstellen, dass es in den Achtzigerjahren in Spanien noch sehr viel konservativer zuging als in Nordeuropa.«

Er spürte, dass er sie jetzt nicht unterbrechen sollte.

»Als Margarita in Heidelberg ihren Magister in Germanistik abgeschlossen hatte, ist sie nach Burlada, ihren Heimatort, zurückgekehrt. Schon ein Viertel Jahr später heiratete sie einen Ingenieur aus Barcelona. Das war ein Schock für meinen Bruder, als er das erfuhr. Jetzt erst war ihm in aller Deutlichkeit bewusst geworden, dass er sie endgültig verloren hatte. Als sie dann ein halbes Jahr später einen Jungen auf die Welt brachte, hat ihm das den Rest gegeben. Er, der eigentlich ein geselliger Mensch ist, zog sich total zurück. Keiner, auch ich nicht, kam mehr an ihn heran.« Nachdenklich fuhr sie fort: »Ich hatte über Monate keinen Kontakt mit ihm. Wenn ich in der Kanzlei anrief, hieß es, er sei unterwegs zu einem Klienten, und wann immer ich ihn auf seinem Autotelefon angerufen habe, war es abgeschaltet. Ich habe mir große Sorgen gemacht. Eines Tages stand er plötzlich vor der Tür.« Sie sah Burgstaller mit einem entschuldigenden Lächeln an: »Macht es Ihnen was aus, wenn ich eine Zigarette rauche?«

»Aber nein.«

Sie stand auf und nahm von dem Tisch, auf dem das viele Kleinzeug lag, eine Päckchen Zigaretten und begann nach Zündhölzern zu suchen.

Zündhölzer, die waren immer griffbereit, als ich noch rauchte.

Sie steckte sich eine an und zog den Rauch tief ein.

»Ich glaube, es war das erste Mal überhaupt, dass es zu einem vertraulichen Gespräch zwischen uns gekommen ist. Er gestand mir, dass er Margarita noch immer liebte. Sie hatte ihn vor die Alternative gestellt, mit ihr eine Familie zu gründen, oder – Schluss! Als er merkte, dass sie es ernst gemeint hatte, war es zu spät. Warum er sich nicht rechtzeitig für sie entscheiden konnte? Vielleicht, weil er mit dem Studium nicht fertig war, vielleicht hatte er auch Flausen im Kopf, die er noch ausleben wollte? Ich weiß es nicht, wahrscheinlich wusste er es selber nicht.«

Sie unterbrach sich und zog an ihrer Zigarette.

»Der Gedanke, der ihn fortan beschäftigte, war: Könnte es sein, dass ihr Sohn auch mein Sohn ist? Rein theoretisch – ja, hat ihm ein Gynäkologe ausgerechnet. Aber halt nur theoretisch.«

Burgstaller, der ihr gebannt zuhörte, dachte schon, dass es das war, was sie sagen wollte, als sie den Faden wieder aufnahm:

»Irgendwann, vor etwa vier Jahren, erfuhr er von einem Bekannten aus Burlada, dass Margaritas Mann bei einem Verkehrsunfall ums Leben gekommen war, und sie mit ihrem mittlerweile fünfzehnjährigen Sohn nach Madrid gezogen ist, wo sie in einem Verlag arbeiten würde.«

Sie nahm einen Schluck Wasser und fuhr fort: »Mein Bruder steigerte sich jetzt, anders kann man es nicht nennen, in die Vorstellung hinein, Juan, so heißt der Junge, sei sein Sohn, und zwar mit einer Wucht, dass mir angst und bange wurde. Auffällig war, dass er nun auch außerhalb der Stierkampfsaison immer öfter nach Spanien geflogen ist. Vor zweieinhalb Jahren, ich hatte ihn eine Ewigkeit nicht gesehen, besuchte er mich. Ich werde sein Gesicht nie vergessen, als er mir gestand, dass er wieder den Kontakt mit Margarita aufgenommen habe, und ...«, sie hielt inne, »dass ein DNA-Test bestätigt habe, dass Juan sein Sohn sei.«

Das gibt es also nicht nur in alten MGM-Filmen, sondern sogar im wahren Leben?

Wenn sie eben noch lächelte, so waren ihre Augen jetzt verhangen. Sie schluckte und fuhr sich mit der Hand über die Stirn, als wollte sie einen Schleier wegwischen, der sich vor ihre Gedanken gelegt hatte.

»Nun ist aber vor zwei Jahren etwas passiert ... Ich glaube, ich bin die einzige, die davon weiß, ich musste ihm versichern, mit niemand darüber zu sprechen. Wenn ich das dennoch tue, dann deshalb, weil ich mich um ihn sorge.«

Es läutete, aber sie reagierte nicht darauf.

»Juan musste ins Krankenhaus wegen einer Blinddarm-Entzündung. Als Andreas von Margarita die Mitteilung bekam, dass Juan am darauffolgenden Morgen operiert würde, ließ er alles liegen und stehen und flog mit der nächsten Maschine nach Madrid. Die Operation verlief ohne die geringsten Komplikationen ... Nun passierte aber etwas, womit niemand hatte rechnen können.«

Sie verstummte und atmete tief durch.

»Nach drei Tagen, als Juan auf dem Weg zur Toilette war, ritzte er sich mit dem rechten Bein an einem Rollstuhl, in dem ein Patient gerade an ihm vorbeifuhr. Als er wieder in seinem Zimmer war, stellte er eine kleine Schürfwunde fest. Die Schwester, die gerade das Essen brachte, klebte ein Pflaster darauf, wahrscheinlich, um kein neues Laken aufziehen zu müssen. Ich will es abkürzen: Die Wunde wollte nach zwei Wochen immer noch nicht heilen, obwohl sie täglich gereinigt und Juan mit allen möglichen Antibiotika behandelt wurde. Im Gegenteil, sie wurde größer und größer und fraß sich immer tiefer ins Bein. Die Krankenhauskeime, die das verursacht hatten, waren resistent gegen die Antibiotika. Das Horrorszenario endete damit, dass Juan der Unterschenkel amputiert werden musste.«

Sie hielt erschöpft inne.

»Von da an hat Andreas sich kaum mehr um seine Kanzlei gekümmert. Nur noch selten, wenn es nicht zu vermeiden war, bei sehr wichtigen Klienten, ist er in Erscheinung getreten.«

Wieder läutete es, und wieder reagierte sie nicht darauf.

»Ich weiß, dass Andreas über achteinhalb Millionen unterschlagen hat. Aber fragen Sie mich bitte nicht, woher ich das weiß.«

Sie blickte unter sich, als wollte sie verhindern, dass der Kommissar ihren Augen abliest, was sie nicht zu sagen bereit war. Dann plötzlich hob sie den Kopf und blickte ihn offen an.

»Ich sag's Ihnen, bevor Sie die Falschen verdächtigen. Sie kennen Herrn Köhler, den Chef der ...«

»Ich kenne ihn.«

»Er hat mir das mitgeteilt. Herr Köhler hat schon die finanziellen Dinge meines Vaters geregelt. Insofern besteht ein gegenseitiges Vertrauen zwischen unserer Familie und ihm.«

Sie goss sich Wasser nach und blickte stumm vor sich hin.

Sein blaues Büchlein, nach dem er eben greifen wollte, ließ er stecken, um die Atmosphäre der Unbefangenheit, die sich zwischen ihnen entwickelt hatte, nicht zu gefährden.

Mit besorgtem Blick fragte sie ihn: »Ist mein Bruder in Gefahr? Was meinen Sie?«

Weshalb hätte er ihr was vormachen sollen?!

»Ihr Bruder ist in Gefahr!«

»Was kann man dagegen tun, und was kann speziell ich für ihn tun?«

»Sie haben mit jemand anderem darüber gesprochen?«

»Natürlich nicht.«

»Auch nicht mit der Frau Ihres Bruders?«

»Anne weiß nicht einmal, dass Andreas als Student ein Verhältnis mit Margarita hatte.«

»Auch nichts von Juan?«

»Nichts.«

»Die Ehe ...«

»... meines Bruders existiert schon seit Jahren nur noch auf dem Papier. Eine reine Zweckgemeinschaft. Er sorgt für das Geld, und sie kümmert sich um den Haushalt und alles, was nicht direkt mit seinem Beruf zu tun hat.«

Der Kommissar suchte das Café Rathaus auf, um sich Notizen zu machen.

Gerade bekam er den Kaffee serviert, als sein Handy summte.

»Frau Boländer?«

Völlig außer Atem teilte sie ihm mit, dass sie eben die Nachricht von ihrer Bank erhalten habe, 300 000 Euro seien auf ihrem Konto eingegangen.

Er ging sofort vor die Tür und wählte die Nummer der Bank.

»Kriminalhauptkommissar Burgstaller. Verbinden Sie mich mit Herrn Köhler.«

Im Nu war der Bankchef in der Leitung.

»Ich habe eben von Frau Boländer gehört, dass auf ihrem Konto 300 000 Euro eingegangen sind. Erste Frage: Von wem wurde das Geld eingezahlt? Dann möchte ich noch wissen, ob derselbe Betrag auch auf Petermanns Konto eingegangen ist?«

»Bitte haben Sie Verständnis, Herr Kommissar, dass ich wegen des Bankgeheimnisses ...«

»Ich scheiße auf Ihr Bankgeheimnis!«, herrschte ihn Burgstaller an. »Ich will hier und jetzt eine klare Antwort von Ihnen! Haben Sie mich verstanden?«

»Verstanden«, gab er kleinlaut von sich, wie ein Rekrut, dem der Spieß den Marsch geblasen hat. »Der Betrag wurde von Herrn Doktor Mayer-Hambach eingezahlt. Auch auf Herrn Petermanns Konto sind 300 000 Euro eingegangen.«

»Von wo?«

»Von Nassau.«

Burgstaller rief Steffen an und verabredete sich mit ihm in einer Stunde in Daixheim. Dann ging er wieder hinein. Seinen mittlerweile lauwarm gewordenen Kaffee ließ er stehen und bestellte einen Espresso. Er notierte die wichtigsten Daten aus dem Gespräch mit Ella Munzing und machte sich auf den Weg.

Gerade als er das Büro betrat, kam Steffen an.

»Tach, Chef!«

Lernt der das denn nie?

»Entschuldige, Pierre. Gibt's was Neues?«

Nachdem er Steffen eingehend informiert hatte, sprach er nachdenklich:

»Du siehst, die Sache wird immer einfacher«, um nach einer Pause zu ergänzen, »aber komplizierter.«

»Versteh ich nicht.«

»Einfacher insofern, als uns Mayer-Hambach strafrechtlich nicht mehr zu interessieren braucht. Wenn wir ihn gestern noch wegen Untreue oder Betrug hätten verfolgen müssen, ist das jetzt obsolet geworden. Er hat seinen Klienten ihr Geld zurückgezahlt.«

»Und was ist mit den verbleibenden Millionen?«

»Wo kein Kläger, da kein Richter. Und weil er seine Pappenheimer kennt, kann er sicher sein, dass sie einen Teufel tun werden, ihn vor Gericht zu zerren.«

»Und weshalb komplizierter?«

»Lass uns ne Runde laufen.«

Sie liefen an der evangelischen Kirche vorbei bis zum Ortsende, und von da hoch in die Weinberge.

Burgstaller, der einen strammen Schritt gewohnt war, ließ es heute gemächlicher angehen. Er hatte noch nicht die Kraft zurück gewonnen, die er als Folge seiner Schussverletzung verloren hatte. Dazu kam die Hitze, die ihm, obwohl er mit einem stabilen Kreislauf gesegnet war, heute zu schaffen machte.

Auf halber Höhe hatten ein paar Naturfreunde unter einem mächtigen Nussbaum ein bankähnliches Gebilde aus Ästen und Stämmen zusammengeschustert. Immerhin, man konnte darauf sitzen. Und einen schönen Ausblick ins Rheintal gab es gratis dazu.

Steffen, dem nicht entgangen war, dass Burgstaller sich mit dem Laufen schwer tat, deutete auf die Pseudobank: »Wollen wir?«

Burgstaller nickte wortlos.

Wie Hunde, die sich ihre Schlafstelle zurechttrampeln, so bewegten sie sich mit ihren Hintern hin und her, bis jeder eine Position gefunden hatte, in der er einigermaßen kommod sitzen konnte.

Die leichte Brise, die eben aufkam, tat ihnen gut.

Lange blickten sie schweigend ins Rheintal, bis Steffen das Thema wieder aufnahm: »Inwiefern komplizierter?«

»Zuerst einmal: Auch wenn wir Mayer-Hambach strafrechtlich nicht mehr auf der Liste haben ...«

»... haben ihn seine Investoren auf der Liste.«

»Und weil wir das wissen, können wir nicht sehenden Auges zulassen, dass die ihm das Licht ausblasen. Oder glaubst du, er kann sich auf die Dauer vor ihnen verstecken?!«

»Das heißt doch«, Steffen lächelte listig, »wir könnten zwei Fliegen mit einer Klappe schlagen?«

»Nein, wir *müssen!* Wir müssen ihn schützen, werden ihn aber gleichzeitig als Köder anbieten! Lass uns noch ein Stück laufen.«

Als sie auf dem Kamm angelangt waren, zogen plötzlich

dunkle Gewitterwolken auf. Sein Vater würde jetzt sagen: »Do hinne hängt en Butze! Ab in die Wertschaft!«

»Schau mal, Pierre«, Steffen deutete auf die Wolken, »ich glaube, wir sollten uns sputen.«

So kann man's auch sagen.

Nur ein paar Tropfen hatten sie abbekommen, als sie die Tür zur Straußwirtschaft Wagner öffneten.

Kaum, dass der Winzer den Kommissar im Blick hatte, eilte er dienstbeflissen herbei: »Herr Kommissar, bitteschön, zwei Plätze.«

Er deutete auf den Katzentisch, den Burgstaller jedem anderen vorzog, weil er hier ungestört von Tischnachbarn seinen Gedanken nachgehen konnte.

»Eine Weißweinschorle, tiefgespritzt.«

»Und mir bitte eine Traubensaftschorle.«

Burgstaller warf einen langen Blick zum Tresen, dem Herrschaftsbereich von Wagners schöner Tochter. Ihre Figur war von beeindruckender Deutlichkeit, alles saß stramm verpackt an seinem Platz, nur ihr Busen schwebte frei und unverzagt in der Bluse.

»Ich empfehle dir die Franzosensuppe.«

»Das ist ...?«

»Gemüsesuppe mit Rindfleisch, eine Spezialität von Frau Wagner.«

»Bitteschön, die Herrschaften.« Wagner stellte ihnen die Getränke hin. »Was darf ich zu essen bringen?«

»Eine Franzosensuppe«, bestellte Steffen.

»Sehr gerne. Und Sie, Herr Kommissar?«

»Ich esse heute nichts.«

»Nix? ... Sehr wohl, Herr Kommissar.«

Natürlich hätte er gerne was gegessen, aber Maria hatte heute Morgen wieder einmal festgestellt, dass sein Hemd spannte. Sie war halt der Meinung, dass er kein talentierter Kalorienverbrenner sei und deshalb rechtzeitig aufpassen müsse, damit er nicht irgendwann mit einem Wanst rumlaufe wie der Pfarrer von Daixheim. Vielleicht hat sie ja recht!

Das Handy summte.

»Augenblick, Heinz ... Warte mal, hier ist es zu laut.«

Eilig verließ er den Gastraum.

Dressler berichtete ihm, dass der Weinkommissionär Thilo Friedrich, der letztes Jahr zu einer zweijährigen Haftstrafe auf Bewährung verurteilt worden war, finanziell ganz gehörig unter Druck geraten sei.

»Das heißt, die Bank hat ihm den Hahn zugedreht?«

»Genau.«

»Und woher hast du das?«

»Der Alte hat mich vorhin zu sich bestellt und mir das mitgeteilt.«

»Und woher weiß der Alte das?«

»Vermutlich hat er das aus seiner Loge. Woher sonst?«

»Aha«, erwiderte Burgstaller. Mehr fiel ihm dazu nicht ein. Aber er spürte, dass das der Sache einen Dreh geben könnte. »Bitte, Heinz, krieg raus, was du über ihn rauskriegen kannst. Notfalls frag halt den Alten, vielleicht weiß er ja noch mehr.«

»Ach! Den Alten soll ich fragen?«

Seit Burgstaller ihn kannte war dies das allererste Mal, dass ein ironischer Unterton seine Zunge verlassen hatte.

»Sonst weißt du nichts von ihm?«

»Außer, dass er in Kallstadt eine Vinothek besitzt. Offiziell gehört sie seiner Frau.«

Burgstaller merkte sich die Adresse und ging zurück in den Gastraum.

»Und?«

»Sehr gut, die Franzosensuppe.«

»Dann sag's ihm auch. Da freut er sich.«

»Hab ich schon gemacht. Seine Tochter ... mein lieber Scholli!«

»Ach, wirklich? Alla hopp, lass uns mal zahlen.«

»Bist eingeladen, Pierre.«

Burgstaller informierte ihn über sein Gespräch mit Dressler.

»Kannst dir einen freien Tag machen. Wenn ich dich brauche, ruf ich dich an.«

Sie gingen zum Polizeiposten, wo Burgstallers Wagen stand.

Maria war unterwegs, eine gute Gelegenheit, mal wieder sein Saxophon in die Hand zu nehmen.

Heute war das Horn ihm viel freundlicher gesonnen als das letzte Mal. So soll es sein, freute er sich, als der erste Wohllaut sich meldete, kaum, dass er ein paar Tonfolgen gespielt hatte. Gerade hatte er Archie Shepps Version von »Lush Life« aufgelegt, und fast schon seine Scham überwunden, bei diesem großen Spieler einzusteigen, als er hörte, wie Maria die Haustür aufschloss.

»Ich bin mal wieder bepackt wie ein Esel«, stöhnte sie und stellte die Einkaufstüten ab.

Als sie alles ausgepackt und an seinen Ort gebracht hatte, setzten sie sich aufs Chaiselongue. Pierre berichtete ihr, was heute passiert war.

Plötzlich kam ihm die Idee, mit Maria und Steffen gegen Abend Friedrichs Vinothek zu besuchen.

»Was hältst du davon?«, fragte er Maria.

Das war genau nach ihrem Geschmack.

Er rief Steffen an und informierte ihn über sein Vorhaben.

Burgstaller parkte ein ganzes Stück unterhalb der Vinothek.

Er wartete bis Maria nicht mehr zu sehen war, dann erst verließ er seinen Wagen.

Es war eine Vinothek von beachtlicher Größe, mit einem langen Tresen und kleinen Bistrotischen, an denen die Gäste meist paarweise standen. Ein dezenter Gesprächsteppich lag in der Luft, wie im Theater, wenn das letzte Klingelzeichen ankündigt, dass es gleich losgeht.

Maria, die ihre Kamera um den Hals trug, schlenderte, als suchte sie das besondere Motiv, ziellos zwischen den Tischen einher. Hin und wieder hob sie die Kamera und löste aus. Das tat sie ganz nebenbei, in einer Art, die signalisierte, dass sie mit ihrem Geknipse die Gäste nicht belästigen wollte, gleichzeitig erweckte sie damit den Eindruck, eine Paparazza zu sein.

Steffen bewegte sich zwischen den Gästen, wie es Bodyguards tun, die sich einen desinteressierten Anschein geben, dabei aber hellwach alles registrieren, was um sie herum vorgeht.

Burgstaller ging zum Tresen und ließ sich ein Glas Riesling einschenken, einen 2009er von Georg Mosbacher, ein Träumchen, würde Maria dazu sagen.

Der Beschreibung nach war die Frau, die hinter dem Tresen stand und ihn bediente, Thilo Friedrichs Ehefrau, eine mittelgroß gewachsene, kräftige Blondine von etwa 50 Jahren. Als sie seinen 10-Euro-Schein entgegennahm und die Schublade öffnete, um ihm den Rest herauszugeben, fiel ihm, weshalb auch immer, die arabische Weisheit ein: Lieber auf dem Dach leben als mit einer bösen Frau im Haus.

Hinter ihr ging die Tür auf und ein Mann mit einem dicken, dunkelbraunen Schnauzbart trug stöhnend drei Kartons Wein herein, die er auf einem Stuhl absetzte, eine nach der anderen öffnete und die Flaschen in die Kühltruhe stellte. Sein mürrisch energischer Gesichtsausdruck ließ darauf schließen, dass es der Chef war, von der Figur her das männliche Abziehbild seiner Gemahlin. Als er mit dem Einräumen fertig war, knipste er ein Lächeln an, das er jedem zuteil werden ließ, dem er seine flüchtige Aufmerksamkeit schenkte.

Plötzlich, als er sah, wie Maria ihre Kamera auf seinen BMW X6 richtete, schaltete er sein Lächeln ab. Er neigte sich seiner Frau zu und wisperte ihr etwas ins Ohr, woraufhin beide nach draußen blickten. Das war der Augenblick, auf den Burgstaller gewartet hatte. Er ging auf Maria zu und sprach kurz mit ihr, um sich sofort wieder abzuwenden, als wollte er nicht, dass einer bemerkte, dass sie sich kannten.

Mit einem deutlich abgedimmten Lächeln verfolgte nun Friedrich, wie Burgstaller auf Steffen zusteuerte und ihm en passant mit einem Wink zu verstehen gab, er möge seine Aufmerksamkeit dem Tresen widmen. Dann ging Burgstaller wieder zum Tresen zurück, wo sein Wein stand.

Aus den Augenwinkeln beobachtete er, wie Friedrich mehrmals ansetzte, ihn anzusprechen. Jedes Mal wurde er von Gästen, die ihm zuprosteten oder ein paar Worte mit ihm wechseln wollten, abgelenkt. Als er den letzten Schluck zu sich genommen hatte und sich anschickte zu gehen, wusste Friedrich, dass nun keine Zeit mehr zu verlieren war. Mit einem Lächeln, das ein paar Grad heller strahlte als zuvor, wandte er sich an Burgstaller:

»Ich vermute, Sie sind heute das erste Mal hier? Ich hoffe, es hat Ihnen gefallen bei uns?«

Burgstaller drehte sich wortlos um und verließ den Raum.

Maria begann gleich, als sie im Château angekommen waren, mit den Essensvorbereitungen. Einen *Salade Niçoise* sollte es geben.

»Den Kopfsalat ...«

»Ich weiß schon.«

Pierre putzte den Salat, schleuderte ihn und zupfte ihn in mundgerechte Stücke, die er auf einer Platte verteilte, und legte ein paar geviertelte Tomaten darauf aus. In der

Zwischenzeit hatte Maria vier Eier gekocht, die, halbiert, als nächste Schicht darauf kamen; dann schwarze Oliven, Thunfischstückchen, gehackte Petersilie, und zwischen jede Lage zwei Löffel Vinaigrette.

»Und jetzt, zum krönenden Abschluss ...«, sie öffnete ein Bügelglas, in dem, kunstvoll geschichtet, in Sonnenblumenöl konservierte Anchovis lagen. »Probier mal«, sie nahm mit spitzen Fingern eine aus dem Glas und gab sie ihm in den Mund. »Na?«

Nie zuvor hatte er eine so köstliche, perfekt gereifte Anchovis gegessen.

»Habe ich mir aus Collioure kommen lassen. Ist doch einzigartig, oder?«

»Du bist gebenedeit unter den Weibern.«

»Wie heißt das?«

»Unter den Frauen, natürlich.«

Es hatte etwas abgekühlt, und ein leichter Wind zog durch die geöffneten Fenster. Aus der Ferne war ein Donnern zu hören.

Er liebte diese Stimmung, wenn er mit Maria nach dem Essen bei einem Glas Wein saß und die Gedanken sich frei entfalteten und spurlos wieder verschwanden.

»Und – was meinst du?«

»Was?«

»Na, heute, in der Vinothek«, erwiderte sie.

»Ein Anfang.« Die Verunsicherung ist ein scharfes Schwert, hatte ihn sein Bärenführer gelehrt, damals, als er von der Polizeischule kam.

»Der hat uns nicht gekannt, oder?«

»Ich würde wetten, dass er jetzt zumindest mich kennt.«

»Was wirst du tun?«

Pierre grinste zufrieden vor sich hin.

»Ich weiß es nicht, aber ich vermute, dass mir was einfallen wird.«

Lange hatte sie ihn nicht mehr so ausgeglichen erlebt.

Das Grollen kam näher und näher.

»Wir sollten die Fenster schließen. Es kommt ein Gewitter auf.«

Er konnte kein Auge zutun. Hellwach lag er neben Maria, die tief und fest schlief.

Fast waagrecht schlug der Regen gegen die Fensterläden, als würde einer Kies dagegen werfen.

Was konnte er tun, was musste er tun, um Mayer-Hambach zu schützen? In jedem Fall musste er über die Gefahr informiert werden, die auf ihn zukommen könnte. Was heißt – könnte? Die auf ihn zukommen wird! Wahrscheinlich hängt seine Schwester denselben Gedanken nach. Andererseits – was hat es für einen Sinn, wenn sie ihn umbringen, ohne vorher ans Geld zu kommen? Das heißt doch – das Geld ist seine Lebensversicherung.

Als hätte eine großkalibrige Kartätsche eingeschlagen, so klirrten die Scheiben, und dann prasselte der Regen auf das Vordach über dem Wohnzimmerfenster, und der Wind peitschte die Gartentür immer wieder gegen den Rahmen.

Natürlich werden sie alles unternehmen, Mayer-Hambach ausfindig zu machen. Schließlich geht es um Millionen. Morgen wird er endlich die Gartentür reparieren, aber ganz bestimmt! Ob man die spanischen Kollegen informieren sollte? Vielleicht weckt man damit nur schlafende Hunde. Nein, lieber nicht. Ob der Weinkommissionär seinen Kumpanen etwas über den heutigen Abend erzählen wird? Sicher nicht. Dazu ist der viel zu ausgebufft.

Der Wind hörte auf und der Regen ergoss sich wie aus Eimern auf das Vordach.

sieben

Als er erwachte, hörte er Geschirrklappern aus der Küche. Paolo Conte sang *Sud America,* und der Duft frisch aufgebrühten Kaffees schlich sich ins Schlafzimmer.

Es war kurz vor acht Uhr. Die Sonne warf ihre Strahlen durch die Lamellen der Fensterläden.

Er stand auf und ging unter die Dusche.

Als er in die Küche kam, saß Maria schon am Tisch und las die RHEINPFALZ.

»Du? Ich habe einen sehr schönen, aufregenden Traum geträumt, chéri«, Maria grinste anzüglich, ohne aufzublicken, »den ich gerne einmal ...«

»Versprochen!«

»Gedacht habe ich mir allerdings etwas anderes. Hör mal zu! Unzweifelhaft ist unser Notar gefährdet. Schon deshalb sollte man den Kreis der Eingeweihten klein halten. Die spanische Polizei nicht zu informieren hat allerdings seine Kehrseite. Denn dann, wenn ihn die Investoren ausfindig machen, steht er mit einem ziemlich kurzen Hemd da, wie du zu sagen pflegst. Oder siehst du das anders?«

Er nickte zustimmend und goss sich Kaffee ein.

Grinsend meinte sie: »Schicke ihn doch nach Argentinien. Was hältst du davon?«

Auch er hatte schon mit dem Gedanken gespielt, zu lancieren, Mayer-Hambach habe sich nach Buenos Aires abgesetzt. Das sollte er mit Ella Munzing besprechen. Er beschloss, sie auf der Stelle anzurufen.

»Sie sind mir zuvorgekommen, Herr Kommissar. Wann können wir uns sprechen?«

»Gleich?«

Alles war wie beim letzten Mal, die Tische vollgeladen mit allem möglichen Kram, eine Flasche Wasser nebst zwei Gläsern auf dem kleinen Couchtisch, nur Ella Munzing war eine andere, zumindest erschien es ihm so. Gelöst, fast heiter wirkte sie.

»Ich habe mit meinem Bruder gesprochen.«

»Sie haben mit Ihrem Bruder gesprochen?«

»Gestern. Auch für mich« – anscheinend sah sie ihm die Überraschung an – »kam das wie aus heiterem Himmel.« Sie griff nach dem Päckchen Zigaretten, das auf dem Nebentisch lag und zündete sich eine an. Schon nach ein paar Zügen drückte sie sie aus, als wollte sie jetzt durch nichts abgelenkt werden. »Wasser?«

»Gerne. Lassen Sie nur«, erwiderte Burgstaller und füllte die beiden Gläser.

»Was mich die ganze Zeit über beschäftigt hat, war die Frage, die ja auch Sie sich gestellt haben – was hat meinen Bruder bewogen, alles, aber auch alles aufzugeben, was man gemeinhin eine bürgerliche Existenz nennt? Jetzt, nachdem ich mit ihm gesprochen habe, wundert es mich, dass ich nicht selbst dahintergekommen bin.« Sie nahm einen Schluck Wasser und fuhr fort: »Mein Bruder hat mit dem Geld«, sie machte eine bedeutungsvolle Pause, »eine Stiftung gegründet, eine Stiftung, die sich zur Aufgabe gestellt hat, alles zu unternehmen, damit das, was Juan passiert ist, in der Zukunft verhindert werden kann. Sie können also daraus schließen«, fuhr sie fort, »dass es ihm nie darum gegangen ist, sich zu bereichern. Warum auch? Er hatte eine gut gehende Kanzlei, und von meinen Eltern ist auch einiges hängen geblieben.« Sie unterbrach sich und stellte das plärrende Handy ab. »Dass es sich um das Geld von Leuten handelte, denen es eigentlich nicht gehört ... aber dazu komme ich später.«

»Ist er sich denn seiner prekären Lage bewusst?«

»Mein Bruder ist ein sehr besonnener Mensch. Das sehen Sie schon an seiner Vorgehensweise: Als er den Plan zu seiner Stiftung entwickelte, das war kurz nach der schrecklichen Sache mit Juan, hat er sofort Kontakt mit Sepp Weirich aufgenommen, mit dem er ansonsten nie etwas zu tun hatte. Tatsächlich gelang es Weirich in den paar Wochen, in denen Andreas in Buenos Aires war, ihm einen argentinischen Pass zu verschaffen ... Ja, Sie haben richtig gehört, Herr Kommissar: Mein Bruder ist jetzt ein argentinischer Staatsbürger, der als Juan Martinez in Spanien lebt. Das heißt: Er kann nicht so ohne weiteres von Spanien an die Bundesrepublik ausgeliefert werden, zudem er Petermann und Boländer ihr Geld zurück überwiesen hat. Ansonsten läge ja nichts gegen ihn vor, hat er gesagt.«

»Spendieren Sie mir eine Zigarette, Frau Munzing?«

»Aber gerne.« Sie hielt ihm das Päckchen hin.

Er holte eine heraus, steckte sie aber nach einem kurzen Zögern wieder zurück.

»Die entscheidende Frage bleibt dennoch offen: Wer sind die Investoren? Ihr Bruder hat nichts erwähnt?«

»Ich habe ihn auch nicht darauf angesprochen. Aber die Frage stand natürlich unausgesprochen im Raum. Ich wies ihn noch einmal auf die Gefahr hin, in der er sich befindet, und schlug vor, er möge sich mit Ihnen besprechen. Ich habe dabei an seine Verantwortung appelliert, schließlich gibt es Opfer zu beklagen, und die Täter laufen frei herum. Er wollte darüber nachdenken ... Das war gestern.«

Sie nahm sich die Zigarette, der sich der Kommissar eben verweigert hatte, und zündete sie an.

»Heute morgen rief er mich wieder an. Jetzt passen Sie auf! Ich weiß nicht mehr, wie er darauf kam, aber plötzlich sprach er von den Ausflügen mit unseren Eltern und der schönen Zeit, die wir gemeinsam verbracht hatten. Ob ich mich noch erinnern könne, hat er mich gefragt, an die Schifffahrt vor zwölf, dreizehn Jahren, und an das anschließende Essen im Kloster? Er wusste noch, dass es das einzige Restaurant war, wo man nachmittags um drei Uhr etwas zu essen bekommt, und dass er Tafelspitz gegessen hatte, ich nur einen Salat wegen der Kalorien, und meine Eltern ein Ragout. Ich habe überhaupt nicht kapiert, weshalb er mir das alles erzählte. Wahrscheinlich Heimweh, habe ich mir gedacht. Dann meinte er plötzlich, er müsse jetzt los, ein Ticket abholen. Als er schließlich sagte, laut Wetterbericht hätten wir ja am Donnerstag spanisches Wetter, begann ich langsam zu begreifen.«

»Wo war diese Bootsfahrt?«

»Bei Eltville.«

»Und gegessen haben Sie ...?«

»Im Kloster Eberbach.«

Wenn Burgstaller vorhin nicht sicher war, ob Mayer-Hambach sich seiner prekären Situation bewusst war, wusste er jetzt, dass er es mit einem umsichtigen Mann zu tun hatte. Nur – war das nicht doch übertrieben, das Gespräch so verschlüsselt zu führen? Oder geheimniste Frau Munzing etwas in seine Worte, was überhaupt nicht bezweckt war von ihm?

Maria saß konzentriert an ihrem Laptop.

»Chéri«, begrüßte sie ihn, ohne aufzublicken, »ich bin gleich für dich da«, und arbeitete weiter.

Er ging in die Küche und goss sich ein Piffchen Riesling ein. Im letzten Moment, als er den Kühlschrank schloss, sah er im mittleren Fach eine Glasschüssel mit Pulpos stehen. Auf der Anrichte lagen ein paar kleine Tomaten und ein Bündel Rucola, das schon geputzt war. Da werde ich doch mal, sprach er vor sich hin und nahm einen Schluck zu sich, der etwas größer ausfiel als vorgesehen, was ihn dazu veranlasste nachzugießen, bevor er begann, die Stängel vom Rucola abzuschneiden und anschließend die Tomaten zu vierteln. Weil der Hunger sich meldete, legte er Paolo Conte auf, ein todsicheres Rezept, Maria vom Laptop wegzulocken.

Schon nach den ersten Takten kam sie in die Küche.

Während sie den Rucola und die Tomaten unter die Pulpos hob, noch etwas Öl nachgoss und abschmeckte, deckte er den Tisch und berichtete ihr von seinem Gespräch mit Ella Munzing.

»Merkwürdig ist doch, dass er mit seiner Schwester offen über seinen Sohn gesprochen hat, auch über seine Partnerin, und dass er argentinischer Staatsbürger ist, und plötzlich dieses geheimnisvolle Gerede. Findest du nicht?«

»Das ist in der Tat merkwürdig«, erwiderte Pierre nachdenklich. »Schmeckt hervorragend.«

»Glaubst du, dass ihm vielleicht der Verdacht gekommen ist, das Telefon seiner Schwester könnte angezapft sein?«

»Möglicherweise. Aber wieso ist ihm das nicht schon früher eingefallen?«

Beide schwiegen und aßen ihren Pulposalat zu Ende.

Danach nahm Maria ihre Überlegungen wieder auf: »Vielleicht ist er sich der Gefahr erst bewusst geworden, als ihn seine Schwester über ihr Gespräch mit dir informiert hat?«

»Könnte sein.«

»In jedem Fall scheint er die kriminelle Potenz seiner Gläubiger nicht zu unterschätzen, oder?«

Pierre sah sie stumm an, bevor er zustimmend nickte.

»Und warum nimmst du mich morgen nicht mit? Ich könnte dir vielleicht nützlich sein.«

acht

Der ausgiebige Regen am frühen Morgen hatte den Himmel blank geputzt. Kein Wölkchen trübte sein Blau. Die verdunstende Nässe lag als Nebel über den Weinbergen.

Kurz vor halb zwei fuhren sie los.

»Aber bitte nicht über die Autobahn. Ich möchte was von unseren Dörfern sehen.«

Also fuhr sie über Herxheim am Berg, Kirchheim, Bockrum, Monsheim, Dalsheim, Flomborn, über Alzey auf der Bundesstraße in Richtung Mainz, und von dort über die Schiersteiner Brücke auf die *eebsch Seit*.

Sie hätte aber genauso gut gleich nach Kirchheim auf die A6 fahren können, denn kaum, dass sie Herxheim hinter sich hatten, war er eingeschlafen. Erst, als sie den Parkplatz des Klosters ansteuerte und kräftig auf die Bremse treten musste, wegen eines Frauchens, das seinem ungezogenen Hund hinterherlief, wurde er wach.

Er zuckte zusammen und blickte sich erstaunt um.

»Wo sind wir denn?«

»Na, wo schon?«

Er fuhr ihr mit der Hand übers Haar.

»Bist wieder mal toll gefahren.«

»Vergiss nicht die RHEINPFALZ«, ermahnte sie ihn und schloss den Wagen ab.

»Und du – präg dir das Bild ein.« Er zeigte ihr das Porträt von Mayer-Hambach, das ihm Ella Munzing mitgegeben hatte.

An der Vinothek trennten sie sich. Maria lief einen weiten Bogen über die Klosterkasse zur Schänke, während er den direkten Weg nahm.

Um den Eingang nicht zu blockieren, stellte er sich neben die Tür, wie ein Tourist, der zum ersten Mal hier ist und das historische Kreuzgewölbe auf sich wirken lässt.

Nur wenige Tische waren besetzt. Er wählte den zweiten Tisch links vom Eingang, von wo er den Raum überblicken konnte. Die RHEINPFALZ legte er, auf die Hälfte gefaltet, vor sich, damit Mayer-Hambach, wenn er die Schänke betritt und sich umblickt, weiß, dass er den Richtigen vor sich hat.

Es war zehn vor drei.

Er bestellte einen Kaffee.

Da es mittlerweile auf halb vier zuging, begann er sich damit abzufinden, dass Ella Munzing ihrem Wunschdenken aufgesessen war. Wahrscheinlich waren es doch nostalgische Gefühle gewesen, weshalb er von ihrer gemeinsamen Zeit und dem Besuch mit den Eltern im Kloster Eberbach erzählt hatte.

Gerade winkte er die Kellnerin herbei, um ein Wasser zu bestellen, als Maria in den Raum kam. Als sie ihn sah, riss sie kurz die Augen auf und ging, als würde sie ihn nicht kennen, auf einen Tisch am Ende des Raums zu. Jetzt wusste er, dass sein Warten nicht umsonst gewesen war.

Kaum, dass sie Platz genommen hatte, trat ein Mann ein, der sich neben die Tür stellte und sich umsah. Als sein Blick auf Burgstaller fiel, der in diesem Augenblick ostentativ die RHEINPFALZ hob, lächelte er und kam an den Tisch.

»Sie gestatten?«

Die Beschreibung, die der Lehrer Weisweiler von Mayer-Hambach geliefert hatte, war nicht unzutreffend. Eher konnte man ihn für einen Maler halten, einen Konzertveranstalter, vielleicht auch für einen erfolgreichen Galeristen oder einen flippigen Zahnarzt, für einen Notar jedenfalls nicht.

Die ersten grauen Fäden schimmerten in seinem schwarzen Haar, das er im Nacken verknotet trug, sein Bart war vier, fünf Tage alt, und seine Klamotten gaben erst dem zweiten Blick zu erkennen, dass sie seinen Besitzer einiges gekostet hatten.

»Sie hatten einen guten Flug?«

»Auf die Minute genau.«

Er setzte sich über Eck, mit dem Rücken zur Wand, und inspizierte mit einem Rundumblick den Raum.

»Ich denke, wir können unbesorgt sein«, ergriff Burgstaller die Initiative.

Mayer-Hambach lächelte verlegen. Seine innere Anspannung wurde sichtbar an seinen Augen, die ruhelos umherwanderten.

»Trau, schau, wem – das war der Leitspruch meines Vaters.«

Mit einem hintergründigen Lächeln erwiderte Burgstaller: »Ich nehme an, dass Sie sich Ihre Entscheidung, mit mir sprechen zu wollen, überlegt haben?«

»Habe ich eine andere Chance?«

»Sie scheinen Ihren Gläubigern einiges zuzutrauen?«

»Ich weiß nicht, ob Gläubiger das richtige Wort ist.«

»Dann korrigieren Sie mich.« Der Kommissar öffnete mit einem freundlichen Lächeln die Hände. Es ist ein Geschäft auf Gegenseitigkeit, auf das du dich eingelassen hast – von uns kriegst du Schutz, und von dir kriegen wir Informationen. Deine Informationen sind allerdings die unerlässliche Voraussetzung, dass wir dich überhaupt schützen *können*. Und das weißt du.

Mayer-Hambach kam auch gleich zur Sache: »Um eines klarzustellen: Bei den acht Millionen handelt es sich um unrechtmäßig erworbenes Geld.«

»Das ist eine Feststellung, die ich Ihnen glauben kann, aber nicht glauben muss«, erwiderte der Kommissar kurz angebunden.

»Weshalb sollte ich Ihnen etwas vormachen? Sie werden wissen, dass ich Petermanns und Boländers Geld zurückgezahlt habe. Und da ansonsten niemand einen Anspruch geltend gemacht hat, kommen Sie nicht um die Frage herum: Wieso nicht?«

Die Kellnerin hielt ihm die Karte hin.

»Einen Espresso, bitte.« Er nickte ihr abwesend zu und fuhr fort: »Sie dürfen mir glauben, dass ich unter dem Verbrechen an Boländer, Petermann und Friese leide. Ich bin mir voll bewusst, dass ich dafür Verantwortung trage, auch wenn mich rein rechtlich keine Schuld trifft.«

»Das ist Ihr Problem. Mein Problem ist«, sprach Burgstaller in einem kalten, abweisenden Ton, »wer sind die Täter?«

»Ich weiß, ich werde schon deshalb nicht umhin können, Ihr Komplize zu sein, wenn Sie mir diesen Ausdruck gestatten.«

»Komplizen sollten ehrlich zueinander sein«, erwiderte Burgstaller. Er schwieg für einen Augenblick, bevor er unvermittelt gestand: »Wir rudern im Sand.«

Mayer-Hambachs Handy summte.

»Tschuldigung.« Er nahm es ans Ohr, und sein Gesicht begann zu leuchten.

Jetzt summte Burgstallers Handy. Mit einem Blick auf das Anzeigefeld erkannte er, dass es Maria war. »Burgstaller.« – »Pierre, er ist mit einem Auto gekommen. Mit einem Fahrer, der wie ein Bodyguard aussieht.« – »Tut mir leid, aber ich komme heute nicht ins Kommissariat. Sagen Sie dem Präsidenten ...« – »Spanisches Kennzeichen. Ende.« – »Ich melde mich später. Ich habe jetzt zu tun. Bis dann.«

Burgstaller verstand nur Mayer-Hambachs letztes Wort: »Adios.«

»Mein Sohn«, sprach er mit einem entschuldigenden Lächeln. Er nahm einen Schluck Kaffee und wischte sich die Lippen mit der Serviette trocken. »Wenn es um die Täter geht, und darum geht es ja, kann auch ich nur Vermutungen anstellen. Also lassen Sie uns das austauschen, was wir wissen.«

»Außer einer Menge Fragen, gibt's meinerseits nicht viel zu sagen«, erwiderte Burgstaller, von sich selber überrascht, dass ihm so ganz nebenbei ein Schüttelreim herausgerutscht war. »Bislang gehen wir davon aus, dass die Investoren sich hinter dem Namen Giovanni Vincente verstecken.«

Mayer-Hambach blickte nachdenklich vor sich hin.

Zögerlich begann er: »Zuerst einmal zu mir: Ich habe folgende Option: Ich bestätige Ihren Verdacht und nenne Ihnen Namen. Das hat zur Folge, dass Sie die Herrschaften damit konfrontieren ... mit der Konsequenz, dass die mich, wenn ihnen das Wasser bis zum Hals steht, strafrechtlich verfolgen werden. Was das für mich und meine Stiftung bedeuten würde, brauche ich Ihnen nicht zu erläutern.«

Er hätte ihm nicht widersprechen können.

»Oder – ich weiß von nichts. Das hat zur Folge, dass Sie die Morde möglicherweise nicht aufklären können.«

»Und Sie vielleicht der Nächste sind.«

»So gesehen habe ich die Wahl zwischen Pest und Cholera.«

»Lassen Sie uns nach einem dritten Weg suchen«, entgegnete Burgstaller, auch wenn er nicht einmal die leiseste Ahnung hatte, wo er den finden sollte. »Wir kommen allerdings keinen Schritt weiter, wenn Sie mir ...«

»Ich weiß!«, unterbrach ihn Mayer-Hambach. Nach einer langen Pause sprach er: »Pietro Sebastiani und Maik Sehberg sind die Investoren.«

»Und Sie?«

»Ich?«, er lachte kurz auf.

»Wer kam denn auf die Idee mit dem La-Palma-Projekt? Das waren doch Sie, oder?«

»Wie kommen Sie denn darauf? Nein, das ging, ich nehme an, von Maik Sehberg aus, vielleicht auch von Sebastiani. Sehberg hat mich eines Tages angerufen und um einen Termin gebeten. Er und Sebastiani kamen dann in die Kanzlei, wo sie mir ihr Vorhaben schilderten. Sie wussten, dass ich spanisch spreche, was natürlich ein Vorteil ist, wenn man es mit den dortigen Behörden zu tun hat.« Er brach ab und atmete mehrmals tief durch. »Kurz zuvor war diese Sache mit meinem Sohn passiert, von der Ihnen ja meine Schwester berichtet hat. Ein paar Tage später bat mich Sebastiani um ein vertrauliches Gespräch. Er kam in die Kanzlei und schilderte mir in bewegten Worten, dass ihm nach dem Tod seines Vaters einiges an Geld zugeflossen sei. Würde er das beim Finanzamt angeben, müsste er damit rechnen, dass der Fiskus wahrscheinlich den Großteil kassiert, noch schlimmer, er müsste nachweisen, wo das Geld herkommt, was ihm angeblich nicht bekannt war. Als er mir dann sagte, dass es sich nicht um ein paar Hunderttausend Euro handelte, sondern um Millionen, konnte ich davon ausgehen, dass da mehr dahintersteckte, als ein gewöhnlicher Steuerbetrug. Vielleicht Waffenschieberei oder Drogen oder ...? Wer weiß? Als ich dann noch hörte, dass ein gewisser Giovanni Vincente das Geld über die Vatikanbank überweisen würde, das Istituto ...«

»... per le Opere di Religione.«

»Richtig! Das Institut für die religiösen Werke, das ja bekanntermaßen schon seit Jahrzehnten Geld wäscht, spätestens da wusste ich, wohin die Reise geht. Übrigens – Giovanni Vincente sind die beiden Vornamen von Sebastianis Vater.«

»Die Vornamen seines Vaters?«, wiederholte Burgstaller überrascht. »Und was ist mit Sehberg?«

»Er, Sebastiani, und Sehberg hätten sich zu einem Konsortium zusammengeschlossen, mit dem Ziel, gemeinsame Geschäfte zu betreiben, und zwar als Projektentwickler im Immobilienbereich.«

»Und da kamen Sie auf die Idee ...?«

»Ja. Ich hatte mich nach der Sache mit meinem Sohn sehr intensiv mit dem Thema Krankenhauskeime beschäftigt. Dass das kein spanisches Phänomen ist, sondern mindestens ein europäisches, war mir sehr schnell klar geworden. Laut der Deutschen Gesellschaft für Krankenhaushygiene sterben in Deutschland jährlich weit über 15 000 Menschen an multiresistenten Krankenhausbakterien, nicht zu vergessen die oft monatelange Leidensgeschichte zehntausender Menschen. Das ist doch ungeheuerlich! Dazu kommen die vielen Fälle, die so oder ähnlich enden wie bei meinem Sohn. Insgesamt erkranken bis zu 600 000 Menschen jährlich alleine in Deutschland daran. Können Sie sich das vorstellen?«

»Sie haben also einen Verein gegründet ...«

»... der sich zum Ziel gesetzt hat, dagegen etwas zu tun.«

»Wir wollten ehrlich miteinander reden, Herr Mayer-Hambach.«

»Tun wir doch, oder?«

»Und weshalb haben Sie mir dann gesagt, dass Sie mit dem Flugzeug gekommen sind?«

Mayer-Hambach räusperte sich verlegen.

»Tut mir leid, aber ...« Mehr fiel ihm dazu nicht ein.

Ohne darauf einzugehen, nahm Burgstaller in einem lakonischen Tonfall seinen Gedanken wieder auf: »Ich möchte, dass Sie mich richtig verstehen«, sprach er und trank in aller Ruhe sein Glas aus.

Er winkte der Kellnerin, die gerade vorbeikam: »Bitte einen Espresso.« Dann wandte er sich wieder seinem Gegenüber zu. »Um es ganz deutlich zu sagen, Herr Mayer-Hambach: Ihnen steht die Scheiße bis zum Hals!« Nach einer taktischen Pause, während der er gedankenverloren ins Nichts starrte, fuhr er in einem verbindlichen Ton fort: »Also lassen Sie uns jetzt in aller Offenheit miteinander reden.«

»Einverstanden. Aber bitte glauben Sie mir, dass alles, was ich Ihnen in dieser Angelegenheit eben mitgeteilt habe, der Wahrheit entspricht.«

Burgstaller lächelte hintergründig: »Auch das Verschweigen kann eine Lüge sein.«

»Bitte sehr«, die Kellnerin stellte Burgstaller einen Espresso hin.

»Eine Frage: Sind Sie eigentlich sicher, dass nur Ihre Schwester Ihre jetzigen Lebensumstände kennt?«

»Bin ich.«

»Und Ihre Frau?«

»Meine Frau weiß nichts.«

»Ihre Ehe ...?«

»Die ist seit Jahren nicht mehr das, was man gemeinhin unter einer Ehe versteht.«

»Darf ich daraus schließen, dass Ihre Frau ...?«

»Meine Frau hat ein festes Verhältnis.«

»Und Sie wissen mit wem?«

»Mit Maik Sehberg.«

»Bitte?« Das hatte Burgstaller jetzt nicht erwartet. »Und das hat Ihr Verhältnis zu Sehberg ... nicht getrübt?«

»Überhaupt nicht.«

Mein Gott, was bin ich altmodisch, dachte Burgstaller und warf einen Blick zu Maria.

»Dann wissen Sie doch mehr über Sehberg?«

»Er ist der strategische Kopf der beiden.«

»Was meinen Sie damit?«

»Sebastiani ist ein Typ, der keine Hemmungen kennt. Der geht über Leichen. Sehberg ist ein anderes Kaliber. Der würde sich die Finger nie schmutzig machen, dafür ist der zu intelligent.«

»Aber nicht intelligent genug, um zu erkennen, dass Sie ihn über den Tisch ziehen würden?«

»Ich hatte das ja nicht vor«, wehrte sich Mayer-Hambach. »Unter normalen Umständen wäre ich doch nie auf dieses Angebot eingegangen.«

»Aber es hätte Sehberg doch zu denken geben müssen, dass sich ein deutscher Notar auf ein eindeutig kriminelles Geschäft einlässt, oder?«

»Ihr Respekt vor dem deutschen Notar in Ehren. Aber die Wirklichkeit sieht manchmal doch etwas anders aus.«

»Dennoch! Dass er das riskierte ... bei dem makellosen Ruf Ihrer Kanzlei?«

»Die Frage habe ich mir allerdings auch gestellt«, erwiderte Mayer-Hambach nachdenklich. »Ich habe da eine Vermutung. Bei der Finanzkrise 2008 habe ich einiges an Geld verloren, nicht wenig, auch wenn mich das nicht ruiniert hat. Meine Kanzlei lief ja erfolgreich weiter, und Schulden hatte ich keine. Auch wenn ich mit meiner Frau sonst nie über geschäftliche Dinge gesprochen habe, diesmal hatte ich es getan, leider.«

»Um wie viel ging es denn?«

»Um etwa 1,5 Millionen.«

Burgstaller überschlug kurz, wie viele Dienstjahre ein Erster Kriminalhauptkommissar auf dem Buckel haben muss, um eineinhalb Millionen Brutto verdient zu haben, gab es aber bei grob gerechnet fünfzehn Jahren auf.

»Nicht auszuschließen, dass meine Frau mit Sehberg darüber gesprochen hat, und der sich vielleicht sagte: Jetzt ist er reif.«

»Wie kamen denn Boländer und Petermann ins Boot?«

»Boländer war der Architekt von Sebastianis Haus. Insofern kannten die sich. Abgesehen davon, dass beide Mitglied im deutsch-italienischen Kulturverein waren. Sebastiani bat mich, Boländer die Planung anzutragen. Boländer war sofort damit einverstanden. Das war ja ein ziemlich lukrativer Auftrag. Als Bauleiter schlug er Petermann vor.«

»Heißt das, dass Boländer davon ausging, Sie wären der Initiator?«

»Musste er wohl.«

»Wussten die beiden denn, dass Sebastiani und Sehberg die Finger im Spiel hatten?«

»Ich wüsste nicht von wem. Nein, das wussten sie nicht. Ich sprach immer, wenn ich mit einem der beiden zu tun hatte, von einem Konsortium. Einen Namen habe ich nie genannt.«

»Sie glauben nicht, dass es noch weitere Investoren gibt?«

»Bei einem Projekt dieser Größenordnung müssen Sie immer davon ausgehen, dass am Ende die Kosten erheblich höher sind als vorgesehen. Das heißt, Sie müssen ein solides finanzielles Polster in petto haben, wenn es nicht eine Investitionsruine werden soll.«

»Sie meinen, Sebastiani und Sehberg hätten das alleine nicht geschultert?«

»Vielleicht hatten sie ja noch genügend Mittel in der Hinterhand? Ich kann da nur spekulieren.«

»Wie schätzen Sie Thilo Friedrichs Rolle ein?«

»Dass der beteiligt ist, halte ich für ausgeschlossen. Der ist *blott,* wie man so sagt. *Machulle.* Allerdings könnte ich mir vorstellen, dass er einiges weiß, da er mit Sehberg sehr eng befreundet ist.«

»Nur sagen Sie mir eins: Weshalb wurden Petermann und Boländer umgebracht? Auf den puren Verdacht hin, dass sie gewusst haben *könnten,* wer die Investoren sind?«

»Mir ist das genauso schleierhaft«, erwiderte Mayer-Hambach, »absolut schleierhaft.«

»Panik?«

»Wenn es so wäre, würde das meine Vermutung bestätigen, dass das Geld aus Kanälen kommt, die so schmutzig sind, dass wahrscheinlich beide für Jahre einsitzen müssten, wenn es herauskäme.«

»Jetzt sagen Sie mir doch mal, was Sie so alles von Sebastiani und Sehberg wissen. Sie gestatten, dass ich mir Notizen mache«, forderte Burgstaller ihn auf, während er in die Brusttasche seines Jacketts griff und sein blaues Büchlein herausholte.

»Da muss ich mit dem Vater anfangen«, begann Mayer-Hambach und nahm den letzten Schluck seines Espressos zu sich. »Der Verdacht, dass der alte Sebastiani ein Mafioso war, konnte nie ausgeräumt werden, schon weil er sich immer im Umfeld mafiöser Familien in Kalabrien bewegt haben soll. Dass er aus San Luca stammte und auch jedes Jahr dorthin gefahren ist, hat natürlich den Verdacht befeuert.«

»San Luca ist das Hauptquartier der 'Ndrangheta.«

»Ja. Der Ort ist, wie Sie vielleicht wissen, bekannt geworden durch die jahrelange blutige Fehde mafiöser Clans untereinander. Und was seinen Tod angeht ...? Dass er rein zufällig in eine Schießerei geraten sein soll und einen Querschläger abbekommen hat«, Mayer-Hambach wog bedenkenschwer den Kopf hin und her, »klingt mindestens fragwürdig, auch wenn es nicht auszuschließen ist bei der bleihaltigen Luft dort.«

»Er war mit einer Deutschen verheiratet?«

»Sie hat ihn als Gymnasiastin bei einem Urlaub in Italien kennengelernt, heißt es. Vor einigen Jahren ist sie an einem Krebsleiden verstorben.«

»Jetzt mal zum Sohn der beiden.«

Burgstaller hörte sich Mayer-Hambachs Schilderungen des Werdegangs des jungen Sebastiani und dessen Beziehung zu seinem Freund Sehberg an und notierte sich dabei alle wesentlichen Punkte.

»Mehr kann ich Ihnen nicht sagen.«

Maria war gerade dabei, zu zahlen. Sie warf ihrem Mann einen kurzen Blick zu und verließ das Restaurant. Wahrscheinlich hatte sie gespürt, dass das Gespräch seinem Ende entgegenging.

»Ich denke, fürs erste genügt das. Sollten wir uns wieder sehen müssen, wir haben ja jetzt einen vertrauten Treffpunkt. Gehen Sie zuerst. Ich zahle Ihre Rechnung mit.«

»Unter keinen ...«

»Doch, doch«, erwiderte Burgstaller schmunzelnd, »umgekehrt wäre es Beamtenbestechung. Geben Sie mir Ihre Telefonnummer?«

»Natürlich.«

Nachdem Burgstaller sie gespeichert hatte, verabschiedeten sie sich.

Es dauerte ein paar Minuten bis die Kellnerin kam, um zu kassieren. Dann ging auch er.

Da Maria nicht zu sehen war, lief er zurück zum Parkplatz. Gerade, als er vor seinem Auto stand, sah er sie aus der Richtung der Klosterschänke kommen.

»Danke für deine Mitteilung. Das hat dem Gespräch eine Wende gegeben.«

»Ich hab dir ja gesagt, dass ich dir vielleicht nützlich sein kann.«

»Lass uns mal fahren. Ich fahre das erste Stück, und nachher fährst du, ja?«

Sie kannte ihn lange genug, als dass sie nicht gewusst hätte, was das bedeutet: Er würde bis zur nächsten Kneipe fahren, und sie anschließend bis nach Hause.

In Eltville bog er von der Hauptstraße ab in das schmale Gässchen, das zum Köglerschen Parkplatz führte. Als sie ausgestiegen waren, deutete Maria auf das Eingangsportal: »Ab 17 Uhr geöffnet. Wir haben noch eine Viertel Stunde Zeit. Komm, ich möchte mir kurz das Schuhgeschäft angucken, gleich vorne in der Hauptstraße.«

Frauen zieht es wie besessen zu Schuhgeschäften. Wenn man ihnen ungezähltes Geld in die Hand drückte, sie würden jeden Tag ein Paar Schuhe kaufen. Bestimmt ist diese Schuhobsession genetisch verankert, anders konnte er sich das nicht erklären. Sie schaute sich das Angebot ausführlich an, um dann zufrieden festzustellen, dass nichts dabei war, was ihr hätte gefallen können.

Auf dem Rückweg zum Kögler kamen sie an einem Bettler vorbei, der gottserbärmlich um ein Almosen flehte.

Ein älterer Mann blieb vor ihm stehen und pflaumte ihn an: »Schämen Sie sich! Sie haben zwei gesunde Hände, junger Freund. Und so einem soll ich Geld geben? Keinen Cent kriegen Sie von mir!«

»Soll er sich die Flossen amputieren lassen, nur damit

Sie ihm einen Cent geben?«, fuhr ihn Burgstaller an und warf einen Euro in den Hut.

»Pierre!«, zischte Maria, »jetzt hör aber auf!«

»Es ist doch wahr! Wenn ich so ein Gebabbel hör, so ein saudummes!«, brummte er. »Als wenn der Typ aus Jux und Dollerei betteln würde! Los, ich brauch jetzt 'nen Schoppen.«

So war es immer, wenn er noch unter der Anspannung einer Vernehmung stand und erst einmal Dampf ablassen musste. Fast hätte sie es ahnen können, dass der Mann – ja, es war ein saudummes Gebabbel! – der Leidtragende sein würde.

Sie waren die Ersten, die den Garten betraten.

Pierre bestellte sich einen Riesling. Maria überlegte lange, ob oder ob nicht, entschloss sich aber dann doch, wenigstens ein Piffchen zu trinken.

Da die Kellnerin nicht wusste, was ein Piffchen ist, brummte Burgstaller: »Meine Frau möchte ein Achtel Riesling.«

Das verstand sie.

»Teil dich ein«, riet er Maria, »dass du nicht vor 'nem leeren Glas sitzt. Ich trinke nämlich noch einen.«

Schweigend saß er da und ordnete seine Eindrücke, die er aus dem Gespräch mitgenommen hatte. Auch wenn sie nicht fragte, wusste er, dass sie innerlich fast zersprang vor Neugier.

»Nachher im Auto erzähl ich dir alles.«

Sie waren noch nicht auf der Autobahn, als er schon eingeschlafen war.

Erst als sie vorm Château zum Stehen kamen, wachte er auf. Er stieg aus und schüttelte sich wie ein Hund, der aus dem Wasser kommt, reckte die Arme in die Höhe und gähnte laut und deutlich.

»Ich weiß«, sagte sie, »ich bin mal wieder toll gefahren.«

»Bist du auch!«

Kaum hatten sie die Haustür hinter sich geschlossen, ermunterte Maria ihn: »Jetzt erzähl mal!«

Zuerst berichtete er ihr vom alten Sebastiani, dann von seinem Sohn Pietro: »Die Geschichte, dass ihm Gelder zugeflossen sind, und er nicht wüsste, woher, ist natürlich Bullenscheiße. Dass der überhaupt die Chuzpe hat, das von sich zu geben, ist mehr als beleidigend.«

»Oder er ist saudumm.«

»So dumm kann nur einer sein, der sich den Arm bricht, wenn er die Hose zumacht. Laut Mayer-Hambach sind die beiden schon von früh auf Kopp und Arsch. Schon als Bub hätte der Sehberg seinen Kumpel bewundert, weil der gleich hinlangte, wenn ihm einer dumm kam, und umgekehrt wäre der Sebastiani von Sehbergs Köpfchen beeindruckt gewesen. Also, eine regelrechte Symbiose.«

»Und Thilo Friedrich?«

»Der wäre immer im Schlepptau der beiden mitgeschwommen. Mayer-Hambach meint, dass Thilo Friedrich dick mit Sehberg befreundet sei und deshalb einiges wissen könnte. Wenn dem so sein sollte, und ich tendiere zu dieser Annahme, dann ist Thilo Friedrich das schwächste Glied in der Kette.«

»Außerdem hat er zwei Jahre Bewährung.«

»Ich ruf mal Steffen an.«

»Ich hab was vor mit dir.«

»Hoffentlich nicht heute Abend? Ich will nämlich mit meiner Liebsten ausgehen.«

»Bist du noch mit dieser reizenden jungen Frau von der Polizeischule zusammen?«

»Bin ich.«

»Da kann man dir ja nur gratulieren.«

»Danke, Pierre,«

»Wie heißt sie doch?«

»Ute.«

»Sag Ute, sie könnte heute Abend ihr Gesellenstück machen.«

Er bat Steffen, gegen Abend in Friedrichs Vinothek aufzutauchen und ...

»Ich hab schon verstanden, Pierre.«

»Was hältst du davon?«

»Wir wollten sowieso einen Wein trinken gehen.«

»Hatte ich es doch geahnt!«

»Komm, lass uns eine Runde laufen.«

Maria griff nach den festen Stiefeln. Sie wusste, dass es eine längere Strecke werden würde.

Wenn sie sonst immer querbeet durch den großen Wingert liefen, der steil nach oben zum Kamm führt, schlug Pierre dieses Mal den längeren aber weniger anstrengenden Wirtschaftsweg ein. Auch wenn von Tag zu Tag die Kraft wieder zunahm, so hatte er noch längst nicht zu seiner alten Form zurückgefunden.

Als sie oben ankamen, setzten sie sich auf die Bank neben dem Bildstock, einem Marterl aus Zeiten, als Bayern und die Pfalz noch eins waren, und blickten hinunter ins weite Rheintal.

»Der Sehberg hätte ein Faible für Italien, hast du gesagt?«

»Der ist mit dem Sebastiani groß geworden. Es heißt, dass er fast schon Teil der Familie war. Bereits als Bub soll er fließend italienisch gesprochen haben. Später, als Student, war er öfter mit den Sebastianis in Kalabrien. Es sieht danach aus, dass der alte Sebastiani ein 'Ndranghetista war, und sein Sohn natürlich auch.«

»Das bedeutet, dass die interessiert waren, einen wie den Sehberg für sich zu gewinnen, oder?«

»Du musst wissen, dass die Mitgliedschaft in der 'Ndrangheta auf Blutsverwandtschaft basiert, im Gegensatz zur sizilianischen Cosa Nostra«, gab er zu bedenken. »Mehr als ein kleiner Soldat kann er nicht geworden sein. Aber kleine Soldaten sind natürlich auch wichtig. Jedenfalls, und da bin ich mir sicher, haben die sehr schnell erkannt, dass es nicht schwer ist, sein Hirn so zu formatieren, dass es kalabrisch tickt. Nur schade für die Ehrenwerte Gesellschaft, dass er das Studium schon nach ein paar Semester geschmissen hat. Als Anwalt wäre er wertvoller gewesen.« Nach einer Pause meinte er: »Ob er sich allerdings seiner Rolle bewusst ist?«

»Aber der wird doch nicht ferngesteuert?«

»Vergiss mal nicht – das Prinzip der Mafia ist die Gefälligkeit. Ich tu dir einen Gefallen, und irgendwann kommt der Zeitpunkt, dass du dich dafür revanchieren musst. Und schon bist du in das mafiöse Netz hineingeschliddert, ohne zu wissen, dass du drin bist.«

»Glaubst du denn, dass der Kulturverein ...«

»Eine mafiöse Vereinigung ist das nicht. Aber da sich hier Leute wie Sebastiani, Sehberg und Konsorten tummeln, ist für die Zukunft Vorsicht angesagt.«

»Du meinst, hier könnte sich ein Ableger bilden?«

»Die italienischen Kollegen schütteln schon lange den Kopf über unseren naiven Glauben, die Mafia sei ein italienisches Phänomen. Nun hat aber der Verein noch eine andere Funktion für diese Ganoven – sie können sich hinter der Wohlanständigkeit der übrigen Mitglieder verstecken. Der Rebholz hat mir gesagt, sogar ein Staatssekretär und andere hohe Beamte hätten dem Verein schon ihre Aufwartung gemacht. Und dass der Sehberg mit einem Orden des Landes Rheinland-Pfalz geehrt wurde, das spricht doch für sich. Bis du so einem gegen die Karre fahren kannst, muss schon einiges passieren.«

neun

Die Hitze war unerträglich, obwohl es erst auf neun Uhr zuging. Das ganze Dorf schien noch zu schlafen. Die Hunde lagen wie totgeschossen im Schatten, nicht einmal ein Knurren war es ihnen wert, wenn ein Fremder am Hof vorbeischlurfte. Nur ab und zu unterbrach ein zaghafter Vogelruf die satte Stille.

Das Handy summte.

»Weißt du ...«

»Nein«, fiel sie ihm ins Wort und tunkte seelenruhig ihr Croissant in den Kaffee. Es nervte sie kolossal, diese ewige Sucherei.

Es hatte sich in der Ritze am Kopfende der Chaiselongue versteckt.

»Steffen, du hast angerufen?«

»Pierre, der Mann hat keine guten Nerven. Als er mich kommen sah, ist ihm sein Grinsen geradezu eingefroren. Der hat mich sofort wiedererkannt. Übrigens, Ute hat klasse mitgespielt«, schwärmte er.

»Das glaube ich«, erwiderte Pierre. »Und?«

»Ich hab das Gefühl, der ist wie ne reife Pflaume, die jeden Augenblick vom Baum fallen kann.«

»Sag Heinz Bescheid, wir treffen uns um halb elf im Büro. Bis dann.«

»Hast mitgekriegt, was Steffen eben gesagt hat?«

»Wie denn?«

»Friedrich, hat er gesagt, ist wie eine reife Pflaume, die jeden Augenblick vom Baum fallen kann.«

»Dann sieh mal zu, dass nicht einer sie runterschüttelt!«

Steffen war schon da, als er ins Büro kam. Er und Poschmann diskutierten über das Spiel am nächsten Sonntag gegen Mainz 05. Beide waren überzeugt, dass Lautern sich nicht die Butter vom Brot nehmen ließe, die die Bayern draufgelegt haben.

»Was meinst du, Pierre?«

»Ich hab ein anderes Problem«, brummte er.

Gut gelaunt erschien Heinz Dressler.

»Moin, die Kollegen. Bin ich zu spät?«

»Jetzt kommt schon rein«, erwiderte Burgstaller und ging hinter den Schreibtisch auf seinen Platz. »Du hast von einer reifen Pflaume gesprochen. Angenommen, du hast recht, und einiges spricht ja dafür – was bedeutet das? Bleiben wir mal bei dem Bild ... Wenn wir warten, bis sie fällt, müssen wir sie ständig im Auge behalten, damit sie nicht einer runterschüttelt und wir das Nachsehen haben.«

Steffen grinste.

»Dann müssen halt wir sie runterschütteln, bevor es ein anderer tut.«

»Du meinst, er ist kein Steher?«, warf Dressler ein.

»Das war mein erster Gedanke, als ich ihn gestern erlebt habe.«

»Wie hat sich das denn gezeigt?«, wollte Dressler wissen.

»Ute hatte ich eingeschärft, dass sie so cool sein sollte, wie es cooler nicht geht. Sie sah ihm ziemlich frech ins Gesicht und sagte: Piffchen Riesling! Es hat nur noch gefehlt, dass sie ihn ermahnt hätte – aber *tout de suite!*«

Burgstaller nickte anerkennend und dachte: Da hast du dir eine geangelt. Die wird dir schon noch zeigen, wo der Hammer hängt, amigo!

»Ich bin dann vor die Tür gegangen und hab mir ganz lange seine Karosse angeguckt. Als ich zurückkam, hat er sich ein Lächeln rausgewürgt und gemeint: Sie interessieren sich für Autos? Ich habe bedeutungsvoll mit dem Kopf gewackelt und gesagt: Für Fahrer interessiere ich mich.«

Dressler sah Steffen erstaunt an: »Das hast du gesagt?«

»Na klar!«

Das hätte Heinz nie hinbekommen, nie, dachte Burgstaller.

Nachdenklich blickten sie vor sich hin.

»Was tun?«, sprach Burgstaller schließlich, mehr zu sich als zu den Kollegen.

»Gibt es irgendeinen Ansatz, um ihn zu vernehmen?«, fragte Steffen.

»Natürlich. Schließlich geht es um Mord.«

»Du meinst ...«

»Ja, das meine ich! Heinz, ruf ihn an und bestelle ihn zu einer Befragung ein. Und zwar für sofort!«

»Meinst du nicht, dass es besser ist, wir suchen ihn auf? Der Überraschungseffekt ...«

»Hast recht! Dann mal los, Kollegen. Hoffen wir, dass er zu Hause ist.«

Ein junger Mann mit einem Schrubber in der Hand öffnete gerade die Tür.

Burgstaller hielt ihm seine Dienstmarke hin. »Wir möchten Herrn Friedrich sprechen.«

Erschrocken deutete der junge Mann in Richtung Tresen: »Der ist im Büro.«

Wortlos ging Burgstaller an ihm vorbei, gefolgt von Dressler und Steffen.

Es hing noch die verbrauchte Luft vom Vorabend im Raum. Ansonsten war alles in einem ordentlichen Zustand. Die Stühle standen an ihrem Platz und die kleinen Tische waren blitzblank geputzt.

Hinter dem Tresen öffnete sich die Tür und, wie bestellt, kam Friedrich herein. Überrascht sah er die unerwarteten Besucher an und stellte den Karton Wein, den er bei sich hatte, ab.

Burgstaller streckte ihm seine Dienstmarke, die er noch in der Hand hatte, wortlos entgegen.

»Um was geht's denn, wenn ich fragen darf?«, stammelte er.

Burgstaller deutete mit einer knappen Handbewegung in Richtung Tür.

Friedrich ging den Ermittlern voraus und öffnete rechterhand die erste Tür.

»Bitte sehr.«

Er packte zwei Stühle an den Lehnen und stellte sie neben den Stuhl, der vor dem Schreibtisch stand. Er selbst nahm hinter dem Schreibtisch Platz.

Nach einer ewig langen Pause, während deren Burgstaller ins Nichts blickte, sah er sein Gegenüber an und sprach bedächtig: »Es sind drei Menschen umgebracht worden.« Und wieder machte er eine ewig lange Pause. »Drei Menschen.« Das klang nicht wie eine nüchterne Feststellung, sondern wie ein Urteil. Sechs Augen durchbohrten den Weinhändler, der das Gesicht eines Mannes machte, der einen Tritt ins Gemächt bekommen hat, aber nicht zugeben will, dass es schmerzt. »Drei Menschen«, wiederholte der Kommissar, begleitet von einem bedächtigen Nicken des Kopfes. Jetzt griff er in die Tasche seines Jacketts, entnahm ihr eine seiner verkrumpelten Visitenkarten und legte sie mit einer straffen Bewegung auf den Schreibtisch, wie Skatspieler es tun, wenn sie den entscheidenden Trumpf ausspielen. Dann erhob er sich und verließ, ohne Friedrich eines Blickes zu würdigen, den Raum, gefolgt von seinen beiden Kollegen.

Für Heinz Dressler war es die kürzeste Befragung seines langen Berufslebens.

Da es auf eins zuging, suchten sie die Straußwirtschaft Wagner auf.

»Habe die Ehre, Herr Kommissar, meine Herren, bitteschön, die Speisekarten.«

»Danke, Herr Wagner. Mir bringen Sie ...«

»Weißweinschorle, tief gespritzt?« Wagner wollte seinen Gästen zeigen, dass der Kommissar ihm nicht das erste Mal die Ehre gab.

»Richtig!«

»Mir auch eine magere Schorle«, bestellte Dressler.

Steffen entschied sich für ein Wasser pur.

»Darf ich Ihnen etwas Spezielles offerieren?«

»Immer, Herr Wagner«, erwiderte Burgstaller und hoffte, dass Wagners Lothringer Cousine zu Besuch war, die einmal ein *Bœuf en daube* gezaubert hatte, von dem er heute noch träumte.

»Meine Frau hat«, seine Stimme wurde leiser, »für die Familie eine Bouillabaisse gekocht.« Er hob dabei achtunggebietend den Zeigefinger. »Für ein paar Portionen reicht's noch.«

»Da bin ich natürlich dabei«, meldete sich Burgstaller, ohne zu überlegen.

»Wenn's noch reicht, würde ich mich anschließen«, sprach Dressler.

»Und ich auch.«

»Es reicht noch, meine Herren.«

Mit sich und der Welt zufrieden eilte er zum Tresen, verfolgt von Steffens Blicken, die aber in Wirklichkeit an ihm vorbei eilten, direkt hinter den Tresen, wo die Wagner-Tochter gerade eine Flasche Wein entkorkte.

»Jetzt mal zur Sache«, mahnte Burgstaller. »Was meint Ihr?«

»Ich glaube, Steffen hat das richtig gesehen, von wegen reife Pflaume. Ich möchte nur mehr wissen über Friedrichs Verhältnis zu Sebastiani und Sehberg. Vielleicht würde uns das ein Stück weiterbringen.«

»Meine ich auch«, sprach Burgstaller.

»Die Getränke, meine Herren. Sehr zum Wohle.«

»Danke ... Was meinst du, Steffen?«

»Wenn's hart auf hart kommt, fällt der um, da würde ich wetten. Man sollte auch nicht vergessen, dass er gerade einmal die Hälfte seiner Bewährungsstrafe abgerissen hat.«

»So, meine Herren ... die Bouillabaisse.«

Aus einer Terrine schöpfte er mit einer großen Suppenkelle die Bouillabaisse und gab sie vorsichtig in die tiefen Teller, in denen jeweils zwei mit *Rouille* bestrichene Baguettescheiben lagen.

»Das sieht ja köstlich aus, Herr Wagner. Und wie das duftet.«

Wagner sah erwartungsvoll zu, wie Burgstaller den ersten Löffel der Fischsuppe verkostete.

»A la bonne heure, Herr Wagner, fantastisch!«

Die Kollegen schlossen sich mit beifälligem Gemurmel an, was aber Wagner sichtlich weniger beeindruckte.

»Vielen Dank, Herr Kommissar, ich werde es meiner Frau ausrichten«, freute er sich und schwebte davon.

Kaum waren sie mit dem Essen fertig, als Burgstallers Telefon summte. Ohne, dass er darauf schaute, wusste er, dass das nur der Alte sein konnte, der sich den ganzen Tag noch nicht gemeldet hatte.

»Burgstaller ... Bitte?«

Burgstaller starrte auf sein Telefon, als vermutete er einen technischen Defekt.

»Herr Friedrich?«, fragte er nach und nickte mehrmals

mit dem Kopf. »Ja, einverstanden ... in einer Stunde? ... Machen Sie einen Vorschlag ... Ja, ich weiß, wo das ist. Bis dann.«

So breit hatte Dressler den Kollegen Burgstaller schon lange nicht mehr grinsen gesehen.

»Jetzt red schon, Mann!«

»Er will mit mir sprechen. Am 71er Marterl.«

Und wieder summte sein Telefon. Dieses Mal war es der Alte.

»In aller Kürze, Herr Burgstaller, ich fahre zu einem Kongress nach Hamburg und bin erst am Sonntag wieder zurück. Wir bleiben aber in Verbindung, ja?«

»Selbstverständlich, Herr Präsident.«

Im Hintergrund rief jemand »Herr Präsident!«

»Ich komme ja! Bis bald, Herr Burgstaller.«

Und schon hatte er aufgelegt.

Ob es die Hoffnung war, vielleicht der Lösung etwas näher gekommen zu sein, oder ob sich die Muskeln erholt hatten ... letztlich war es ihm egal, wieso ihm der Weg durch den steilen Wingert, ganz anders als in den vorangegangenen Tagen, heute nicht die geringste Mühe bereitete, trotz der brütenden Hitze.

Als er den Kamm erreichte, ging er auf die Bank zu, auf der er gestern mit Maria gesessen hatte. Er fegte die Blätter mit der Hand weg und setzte sich.

Die Äste der mächtigen Linde, in deren Schatten die Bank stand, bewegten sich keinen Millimeter, ihre Blätter wurden von keinem Windhauch gestört.

71er nannten die Leute den Bildstock, den die Freynheimer nach dem Feldzug gegen Frankreich 1870/71 errichtet hatten, eingedenk des Mordes, dem der Lehrer Kennreich am helllichten Tag zum Opfer gefallen war. Mit zertrümmertem Schädel hatte man ihn dort, wo der Bildstock jetzt stand, aufgefunden. Wahrscheinlich wurde der Fall deshalb nie aufgeklärt, weil die Polizei sich auf die Hypothese versteift hatte, dass als Täter nur ein Franzos infrage käme, und jede andere Spur ausschloss. Immer, wenn Burgstaller einen Polizeischüler betreute, führte er ihn zum 71er Marterl und erzählte ihm die Geschichte vom Lehrer Kennreich, damit er nie vergessen möge, dass der Ermittler nur eine einzige Chance hat, die Wahrheit ans Licht zu bringen, nämlich, wenn er frei von Ideologien und vorgefassten Meinungen nach allen Seiten hin ermittelt.

Plötzlich, wie auf Kommando, verstummte das Gezwitscher der Sperlinge im Baum. Es war mucksmäuschenstill geworden.

Burgstaller schaute nach oben und sah einen Habicht, der in weiten Bögen über der Linde kreiste. Als folgte er einer vorgegebenen Bahn, umrundete der Greifer beharrlich den Ort der potentiellen Beute, Runde um Runde, bis er wohl merkte, dass nichts zu holen sei und sich davonmachte. So jäh, wie die Stille eingekehrt war, setzte das fröhliche Tutti der Sperlinge wieder ein. Ein Greifer kann eine ganze Schar in Schach halten, doch kaum ist er weg, ist alles wieder so, als wäre er nie dagewesen, ganz wie im normalen Leben, dachte Burgstaller. Wahrscheinlich hat Mayer-Hambach seine Aktien zu spät verkauft. Oder zu früh! Vielleicht hätte er abwarten sollen, bis sie wieder gestiegen waren ... Wie kam er nur vom Habicht auf den DAX? Noch während er nach einer Antwort suchte, wurde seine Aufmerksamkeit auf einen Mann gelenkt, der mit zügigen Schritten näherkam, ein zünftiger Wandersmann mit Strohhut, einem rot karierten Hemd, Kniebundhosen und einem Stab in der Hand. Es dauerte noch eine Weile, bis er erkannte, dass es Friedrich war.

Als Friedrich mit kurzem Atem vor ihm stand, deutete Burgstaller wortlos auf den Platz neben sich.

Friedrich nahm seinen Rucksack von den Schultern und setzte sich.

Unbeeindruckt blickte Burgstaller in die Ferne, als studierte er die Topografie des Rheintals. In Wahrheit beklagte er wieder einmal, sich keine Zigarette anzünden zu können. Wie gut das jetzt täte, zu spüren, wie der Rauch kratzend durch die Luftröhre zieht und die Lungen füllt. Auch als rhetorisches Instrument vermisste er sie, lässt sich doch so viel mit einer Zigarette sagen, je nachdem, wie man sie aus dem Päckchen holt und sie anzündet, wie man sie hält oder daran zieht, wie man den Rauch ausstößt, aus dem Mund oder der Nase, oder aus Mund und Nase zugleich ...

»Ich wollte Sie sprechen, Herr Kommissar«, Friedrich stockte, bevor er fortfuhr, »weil Sie mich verdächtigen.«

Als hätte er sich die Worte auf dem Weg zum Marterl zurechtgelegt und immer wieder vor sich hingesprochen, so steif und gedrechselt kamen sie daher.

Lakonisch erwiderte Burgstaller: »Richtig!«

»Ich weiß aber nicht, wessen Sie mich verdächtigen?«

»Dann weiß ich nicht, weshalb Sie mit mir sprechen wollen?«, sprach der Kommissar in einem ruhigen, fast gelangweilten Ton.

Friedrich war spürbar irritiert. Als suchte er sich eine bessere Sitzposition, rutschte er hin und her. Anscheinend wartete er darauf, dass der Kommissar ihm einen Grund nennen würde, einen Grund, der ihm die Chance gäbe, den Verdacht zu entkräften oder zu widerlegen. Aber der Kommissar schwieg.

Friedrich räusperte sich, als wolle er auf seine Anwesenheit hinweisen und brach schließlich sein Schweigen: »Ich verstehe ja, dass Sie bei den Mordfällen, die passiert sind, nach allen möglichen Verdächtigen suchen. Aber bei mir sind Sie auf der falschen Spur. Was sollte ich damit zu tun haben?«

Er ist wirklich kein Steher, da hatte Steffen schon recht.

»Wie kommen Sie überhaupt darauf, dass ich Sie verdächtige?«

»Das war doch nicht zu übersehen, als Sie in meiner Vinothek waren und ...«

»Ich dachte, dass das die Vinothek Ihrer Frau ist?«

»Ja, natürlich, aber ...«

»Was heißt hier – aber? Ist es nun ihre oder Ihre Vinothek?«

»Aber ...«

Burgstaller musste daran denken, wie sie als Kinder Blindekuh spielten.

»Aber was?«

»Ich weiß nicht, was Sie ...«

»Jetzt aber mal Schluss mit diesen *Mengenkes*, Herr Friedrich!«, unterbrach er ihn mit schneidender Schärfe. »Könnte es sein, dass Sie mit gewissen Herren unter einer Decke stecken?«

»Ob ich ...«

»Ja, ob Sie ...!«

»Aber, Herr Kommissar!«

»Nix – aber! Ich frage Sie zum letzten Mal, ob Sie mit diesen Verbrechern unter einer Decke stecken?«

Wenn die Meute die Blindekuh dummelig gedreht hatte, torkelte sie wie besoffen in der Gegend herum.

»Ich weiß gar nicht ...«

»... wie ich darauf komme? Das wollten Sie doch sagen, oder etwa nicht?«

»Ich wollte sagen ...«

»Was wissen Sie von Sebastiani und von Sehberg?«, herrschte er ihn an. »Na?« Dann wandte er sich von ihm ab und sprach ruhig, fast tonlos vor sich hin: »Gegen einen Mord ist betrügerischer Bankrott ein Kinkerlitzchen. Wer an einem Mord auch nur im Entferntesten beteiligt ist, Herr Friedrich ...! Verstehen Sie?« Er lächelte sein maliziösestes Lächeln. »Das eine sage ich Ihnen: Falls Sie etwas verschweigen, was unsere Ermittlungen behindert oder die Täter begünstigt, sind Sie fällig! Verstehen Sie? Sie sind nämlich verpflichtet die Wahrheit zu sagen! Verpflichtet! Es sei denn, Sie würden sich selbst damit belasten. Nur dann dürfen Sie eine Antwort verweigern. Ich werde Ihnen jetzt ein paar Fragen stellen. Und ich erwarte von Ihnen wahrheitsgetreue Antworten. Haben Sie mich verstanden?«

Friedrich nickte stumm.

»Sie sind mit Sebastiani und Sehberg befreundet. Beide sind, wie Ihnen ja wohl bekannt ist, die Initiatoren des La-Palma-Projekts. Sind Sie finanziell daran beteiligt?«

»Nein, Herr Kommissar, Sie wissen doch sicher, dass ich …«

»Das weiß ich.« Wie hatte doch der Altbürgermeister gesagt? Das einzige, was dem gehört, ist sein *Schnorres*. »Weiter?«

»Sebastiani und Sehberg waren nicht die Initiatoren, da irren Sie sich, Herr Kommissar. Initiator war Herr Dr. Mayer-Hambach.«

»Da irren *Sie* sich! Die Initiatoren sind Sebastiani und Sehberg.«

Friedrich sah den Kommissar erstaunt an.

»Ich frage Sie jetzt noch einmal: Was wissen Sie davon?«

Noch bevor Friedrich antworten konnte, fuhr er ihn an: »Sie sind doch mit Sehberg dick befreundet? Oder vielleicht nicht?«

»Ich …«

»Geben Sie es doch zu, dass Sie mit ihm befreundet sind!«

»Ja, ich …«

»Na also! Und was wissen Sie? Machen Sie hier bloß nicht die Unschuld vom Land! Sind Sie mit ihm befreundet oder nicht?«

»Ja, ich bin mit ihm befreundet.«

»Und weiter?«

»Ich weiß doch nichts von ...«

»Und weshalb erscheinen Sie hier wie ’n Gipfelstürmer?« Der Kommissar spürte, dass er ihn jetzt weichgeklopft hatte. »Ich will es Ihnen sagen, Herr Friedrich: Weil Sie sehr genau wissen, dass Ihre Freunde kein Pardon kennen, sollten sie nur den leisesten Verdacht haben, dass Sie sich mit einem Bullen getroffen haben. Nur deshalb machen Sie diese Verkleidungsnummer! Stimmt doch, oder?«

»Natürlich bin ich mit Maik ... mit Maik Sehberg befreundet, aber das heißt doch nicht, dass ich über seine ... seine ...«

»Seine was?«

»Seine Geschäfte informiert bin.«

»Ach! Geschäfte nennen Sie das?«

»Wie soll ich das anders ...«

»Mordtaten! Verbrechen! Suchen Sie sich’s aus, aber reden Sie gefälligst nicht von Geschäften!«

Wenn eben noch sein Ton von schneidender Schärfe war, so klang seine Stimme jetzt wieder sanft, verständnisvoll, als er sagte: »Ich verstehe Sie ja, Herr Friedrich«, er blickte nachdenklich ins Leere, »doch, doch, Herr Friedrich, ich verstehe Sie. Auch ich wollte nicht in Ihrer Haut stecken, nein, wahrlich nicht.« Beim Boxen würde man dich jetzt stehend anzählen. Ließe der Ringrichter den Kampf danach weiter laufen, würde dir der Gegner einen finalen Heumacher verpassen.

Friedrich wollte was sagen, aber der Kommissar ließ ihn nicht zu Wort kommen: »Was denken Sie, wenn einer Ihren Freunden steckt, dass wir beide hier harmonisch beisammen saßen?«

»Herr Kommissar!« Friedrich deutete in die Richtung, aus der er gekommen war.

Was suchen die denn bei dieser Hitze hier oben, wunderte sich Burgstaller, als er das Paar kommen sah.

»Dann verschwinden Sie mal«, sprach er und sah den Wanderern entgegen. Zwei ältere Leute, die, der Kleidung nach, auf einer Tagestour waren.

»Tach«, begrüßten sie Burgstaller. »Ist es denn noch weit bis Freynheim?«

»Dreiviertel Stunde.«

»Prima«, erwiderte der Wanderer und nahm aus seinem Rucksack eine Thermoskanne, die er seiner Frau reichte.

»Gibt es da ein Restaurant?«

»Straußwirtschaft.«

»Prima«, freute sich der Wanderer. »Eine Straußwirtschaft wollten wir schon immer mal kennenlernen. Das Essen ist gut?«

»Prima«, erwiderte der Kommissar und wandte sich von ihnen ab. Jetzt trollt euch endlich von dannen!

»Dann ziehen wir mal weiter. Vielleicht sieht man sich mal wieder.«

»Ja, vielleicht«, erwiderte Burgstaller, froh, dass das Intermezzo beendet war.

Wie beim Komödienstadl kam Friedrich aus dem Gebüsch und nahm seinen Platz wieder ein.

»Herr Kommissar«, hob er unvermittelt an, »ich habe mir natürlich Gedanken gemacht, als ich von den Morden gehört habe. Aber erst als Sie vorhin gesagt haben, dass Herr Dr. Mayer-Hambach gar nicht der Initiator des La-Palma-Projekts war …« Er hatte so schnell gesprochen, dass er nach Atem ringen musste. »Maik hat mich gestern besucht. Er war sehr niedergeschlagen. Ich dachte zuerst, dass das vielleicht was mit Anne, Mayer-Hambachs Frau, zu tun hat. Sie wissen, dass die ein Verhältnis haben?«

»Ich weiß.«

»Das war's aber nicht. Maik sagte, dass der Pietro einen riesen Scheiß gemacht hätte, hat er wörtlich gesagt. Das hat bestimmt mit dem La-Palma-Projekt zu tun, habe ich mir gedacht. Wahrscheinlich hat ihn Pietro gedrängt, einzusteigen, und jetzt ist Mayer-Hambach abgehauen. Ich habe ihn danach gefragt, und er hat mir gesagt, dass er einen Haufen Geld verloren hat. Aber sonst hat er nichts dazu gesagt.«

»Und Sie, Herr Friedrich? Was sagen Sie dazu?« Jetzt hatte er ihn, schneller als erwartet, da, wo er ihn hinhaben wollte. Steffens Bild von der reifen Pflaume hatte ihm den Weg gewiesen. Nichts anderes hat er gemacht, als geschüttelt und immer wieder geschüttelt, bis sie vom Baum gefallen war.

Um Friedrich zu signalisieren, dass er ihm alle Zeit dieser Welt ließe, wandte er sich von ihm ab und blickte wieder ins Rheintal.

Friedrich straffte sich und schob energisch das Kinn vor, wie es einer tut, der zu dem Entschluss gekommen ist, jetzt die Katze aus dem Sack zu lassen, ohne Wenn und Aber: »Ich weiß nur das, was ich Ihnen eben gesagt habe. Auch wenn ich mich nicht ganz des Eindrucks erwehren kann,«

sprach er jetzt förmlich, »dass es bei Maik Sehberg nicht ausschließlich um den finanziellen Verlust ging, was ihn möglicherweise vielleicht sogar in den Ruin getrieben hat. Nicht dass ich mit seinen Finanzen vertraut bin«, setzte er schnell nach, »das bin ich nicht. Aber«, er stockte, bevor er fortfuhr, »ich hatte den Eindruck, dass es um einiges mehr ging als um das verlorene Geld. Ob das nun mit den Mordfällen zu tun hat?« Er zuckte mit den Schultern. »Das weiß ich natürlich nicht.«

Der Kommissar spürte, dass Friedrich die entscheidende Hürde genommen hatte. Es konnte ihm jetzt nur noch darum gehen, sich vor sich selbst zu rechtfertigen. Aus seiner langen Berufspraxis wusste er, dass sich Menschen die abwegigsten Entschuldigungen einfallen lassen, nur um einigermaßen sauber vor sich und anderen dazustehen. Friedrich musste sich dieser Mühe nicht einmal unterziehen, schließlich stand er doch jetzt auf der moralischen Seite, der Seite des Gesetzes.

»Und Sie meinen …?«, sprach der Kommissar, als wüsste er jetzt mehr und wollte nur noch von Friedrich die definitive Bestätigung erhalten.

»Bei Maik Sehberg kann ich mir das nicht vorstellen.«

»Bei Sebastiani schon?«, ermunterte ihn Burgstaller.

»Vielleicht«, antwortete er ausweichend.

Burgstaller fühlte sich, als hätte er einen Sack Zement abgeworfen, der seit Tagen auf seinen Schultern lag.

»Also, Herr Friedrich«, begann er, ohne zu wissen, was seine nächsten Worte sein würden. Nur eines wusste er: er hatte jetzt noch einen Komplizen.

Nach einer langen Pause nahm er sein Handy und suchte seine Rufnummer, die unter *Pierre mobil* eingetragen war.

»Notieren Sie.«

Friedrich trug die Nummer des Kommissars in sein Handy ein.

»Jetzt rufen Sie mich an.«

Friedrich blickte zuerst etwas erstaunt, kapierte aber dann, dass der Kommissar sich damit die Eingabe seiner Rufnummer ersparte und sich gleichzeitig vergewissern konnte, dass Friedrich die Nummer korrekt eingetragen hatte.

Als Friedrichs Ruf auf dem Anzeigefeld von Burgstallers Handy erschien, sprach er: »So weit, so gut.«

Friedrich hatte verstanden, dass das Gespräch damit beendet war. Er erhob sich und nickte Burgstaller etwas unsicher zu, bevor er nach seinem Rucksack griff.

»Sie können mich zu jeder Tages- und Nachtzeit anrufen. Noch was: Ihre Frau weiß von unserem Zusammentreffen?«

»Ja, natürlich.«

Wahrscheinlich war sie es, dachte Burgstaller, die ihn dazu gedrängt hat.

Als Friedrich außer Sichtweite war, stand er auf und machte sich auf den Weg nach Daixheim. Jetzt plötzlich fiel ihm ein, wie er vom Habicht auf den DAX gekommen war: Der richtige Zeitpunkt! Immer geht es um den richtigen Zeitpunkt, das Timing. Kommst du zu früh, gehst du leer aus, kommst du zu spät, gehst du auch leer aus. Es muss immer genau der richtige Zeitpunkt sein, nicht zu früh und nicht zu spät. Wie in der Musik – ein Achtel zu früh oder zu spät, und du hast alles vermasselt.

Als er beim Château ankam, öffnete Maria gerade die Fensterläden, die den Tag über, zum Schutz gegen die Hitze, geschlossen waren.

»Na?«, rief sie ihm gut aufgeräumt zu, als er ausstieg. »Komm mal rein. Ich hab was für dich.«

Als er ins Wohnzimmer kam, hörte er, wie sie in der Küche hantierte.

»Erzähl mal«, sprach sie und hielt ihm ein Glas Pastis hin.

»Gleich.«

Er setzte das Glas an und ließ die Eisbrocken eine Weile seine geschlossenen Lippen kühlen, bevor er den ersten Schluck zu sich nahm. Dann setzte er sich vor seinen Rechner und schrieb einen Vermerk über das Gespräch mit Friedrich.

»Lies mal.«

Sein Handy summte.

»Ich bin gerade in Hamburg angekommen und ...«

»Herr Präsident, es gibt Neuigkeiten.«

Er berichtete ihm in allen Einzelheiten von dem Gespräch mit Friedrich.

»Ist ja ein Segen«, freute sich der Präsident, »dass wir endlich Grund unter den ... den ...«

»... die Füße bekommen.«

»Richtig.« Anscheinend war er in Eile. »Ich melde mich wieder«, und schon hatte er aufgelegt.

»Hoffentlich nicht so schnell. So, Maria, du hast gelesen?«

Das war keine Frage, das war eine Aufforderung.

»Also!«

So begann sie immer. Immer mit *also*. Und dann redete sie und redete sie, wie es ihr in den Sinn kam, ohne Rücksicht auf Widersprüche und unlogische Schlüsse. Aber irgendwann, und das würde auch jetzt so sein, hatte sie einen Gedanken gefasst, der es wert war, weitergesponnen zu werden. In seiner Jugend hatte er Heinrich von Kleists Essay »Über die allmähliche Verfertigung der Gedanken beim Reden« gelesen. Maria wusste nicht einmal, dass es diese Schrift gab, sie praktizierte es.

»Der entscheidende Ansatz ist doch, dass Friedrich allem Anschein nach nicht ausschließt, dass Sebastiani die Morde bestellt haben könnte. Vielleicht hat Sebastiani den Sehberg sogar eingeweiht? Könnte doch sein, oder?«

Vielleicht hat sie recht. Bei Mord gibt es fast immer Mitwisser. Kaum ein Täter oder Auftraggeber bringt es fertig, die Tat ganz für sich zu behalten. Und im speziellen Fall: Deutet denn nicht Sehbergs Aussage, Sebastiani hätte einen riesen Scheiß gemacht, darauf hin?

Er nickte stumm, mehr wollte sie auch nicht, und unterbrochen wollte sie sowieso nicht werden.

»Und wir wissen, dass Sehberg die nächste Schwachstelle ist. Denn – der Mann ist doch, so, wie wir ihn einschätzen können, intelligent genug, gegebenenfalls seinen Kopf aus der Schlinge zu ziehen, bevor er drin ist.«

»Schön, wie du das gesagt hast.«

»Bitte werd jetzt nicht logisch! Also! Der lässt doch den Sebastiani über die Klinge springen, wenn er merkt, dass es ihm an den Kragen geht, oder nicht?«

»Klingt nicht unschlüssig.«

»Könntest du dir vorstellen, dass Friedrich dem Sehberg steckt, dass wir ihm auf den Fersen sind, und dass er mit dir gesprochen hat?«

»Und weshalb sollte er das tun?«

»Weshalb sollte er es nicht tun? Sie sind dicke Freunde.«

Pierre stand auf, um sich noch ein Glas Pastis zuzubereiten.

zehn

Schon um halb acht machte er sich auf den Weg ins Präsidium. Es versprach weniger heiß zu werden, als in den letzten Tagen. Um die Mittagszeit wollte er wieder zurück sein.

Maria war schon seit fünf Uhr unterwegs. Sie hatte von einem Magazin den Auftrag bekommen, Bilder einer sommerlichen Morgenstimmung zu machen, und das Licht war heute ideal.

Schon eine halbe Stunde später parkte er vor dem Präsidium. Du hast mir gerade noch gefehlt, murmelte er vor sich hin, als der Stellvertreter des Alten auf ihn zukam und ihn mit einem sonoren »Guten Morgen, Herr Burgstaller« begrüßte. »Das trifft sich ja gut.«

»Guten Morgen, Herr Dr. Albrecht.«

»Sie wissen, dass der Herr Präsident auf einem Kongress in Hamburg ist und ich ihn vertrete?«

»Ich weiß, Herr Dr. Albrecht. Leider kann ich Ihnen nichts Neues mitteilen. Aber wenn, dann werde ich Sie unverzüglich informieren. Unverzüglich«, setzte er nach und sah, wie ein Strahl tiefster Befriedigung über das Gesicht des anerkanntermaßen größten Holzkopfs im Pfälzer Polizeidienst huschte.

»Ja, bitte, halten Sie mich auf dem Laufenden, ja?«

»Aber selbstverständlich, Herr Dr. Albrecht. Ich werde Sie sofort informieren, wenn sich was tut. Sofort!«

»Ja, bitte.« Er reichte Burgstaller huldvoll die Hand und ging – ganz Chef.

Spuren-Reisner, der gerade das Haus verließ, deutete im Vorbeigehen eine Verneigung an und grüßte devot: »Guten Tag, Herr Dr. Albrecht.«

Leider gibt es viel zu viele von der Sorte Albrecht, die sich von einem Treppchen zum nächsten hochschleimen. Gegen diese Typen anzukämpfen, hilft gar nichts. Die muss man mit ihren eigenen Waffen schlagen, meinte Heinz, und da hatte er recht – so tun, als ob sie furchtbar wichtig wären, sie aber von jeder Information fernhalten. Mittlerweile war es geübte Praxis im Kommissariat, Herrn Dr. Albrecht eine Ehrerbietung entgegenzubringen, als wäre er der Kardinal Lehmann von Mainz. Irgendwann, hofften sie alle, werden die da oben vielleicht dahinterkommen, dass er auf dem Chefposten des städtischen Gartenamts seine Talente viel überzeugender würde ausspielen können.

»Na, Frau Enslein, wie geht's?«

»Ich habe Ihnen die Akte vollständig ausgedruckt. Die können Sie mitnehmen.«

Sein Handy summte.

»Was gibt's, Heinz? ... Du bist im Kommissariat? Ich komme rüber.« Er steckte das Telefon ein und nahm die Akte an sich. »Falls der Albrecht etwas wissen will, Frau Enslein ... Ihr Name ist Hase, Sie wissen von nichts. Er soll mich anrufen.«

»Aber, Chef, ich kenn doch den Albrecht«, lachte Frau Enslein amüsiert

»Na, Kollege«, begrüßte ihn Dressler. »Ihr kommt doch morgen zum Jahresfest?«

»Es wird mir nichts anderes übrigbleiben.«

Dressler fingerte auf der Tastatur seines Laptops herum.

»Hier, lies mal!«

Burgstaller beugte sich über sein Schulter und las, dass die Kollegen der Anti-Mafia-Staatsanwaltschaft von Reggio Calabria ermittelt hatten, dass die DNA-Spuren auf der Kiste, in der die Leiche Petermanns gefunden worden war, mit der DNA von zwei Auftragskillern aus San Luca übereinstimmte. Beide seien seit vier Jahren flüchtig.

Als hätte er ein zuckersüßes Bonbon auf der Zunge, grinste er Dressler genüsslich an.

»Europa wächst doch noch zusammen.«

Es juckte ihn am Oberschenkel, bis er merkte, dass es das Handy war, das in seiner Hosentasche zitterte.

Der Alte.

Burgstaller brachte ihn auf den neuesten Stand.

»Gott sei Dank! Das ist doch der Durchbruch! Der Minister hat mich dieser Tage schon ungeduldig gefragt, wann wir denn endlich zu Potte kämen. Sie wissen ja – in vier Wochen ist Wahl!«

Und der Listenplatz, auf den sie dich wieder einmal gesetzt haben, ist so chancenreich wie ein Sechser mit Superzahl.

»Wir tun unser Bestes, Herr Präsident!«

»Ich muss Schluss machen. Mein Vortrag kommt jetzt. Wir sehen uns morgen beim Jahresfest.«

»Viel Erfolg, Herr Präsident.«

Dressler grinste.

»Ich garantiere dir, es dauert keine zwei Stunden, und du wirst den Alten im Radio hören, wetten?«

Burgstaller fuhr ins Château.

Maria hatte ihn unterwegs angerufen, dass sie in gut zwei Stunden zurück sein würde. Genügend Zeit, um gründlich zu üben. Er packte sein Saxophon aus, spannte ein neues Blättchen auf das Mundstück und begann, um es nicht zu verschrecken, langsam und zaghaft zu üben. Gut eine dreiviertel Stunde spielte er Skalen rauf und runter, erst betont langsam, dann immer schneller und schneller. Als er spürte, dass das Horn keinen Widerstand mehr leistete, legte er »Naima« auf, eine seiner Lieblingsballaden von John Coltrane, und begann mitzuspielen. Aber das Horn sagte ihm schon nach wenigen Takten: Lass die Finger davon, das ist nicht Deine Liga! Er hörte sich stattdessen die ganze Platte an, und fühlte sich anschließend entspannt wie nach einem erholsamen Schlaf.

Als Maria gegen drei erschien, war sie es, die vorschlug, eine Runde zu laufen. Sie hatte vier Stunden bei ihrem Auftraggeber, einer Werbeagentur, gesessen und die Bilder diskutiert und bearbeitet. Jetzt brauchte sie Bewegung.

Sie mussten nie überlegen, welchen Weg sie gehen sollten. Da waren sie sich einig: Immer dieselbe Route laufen, damit der Kopf neue Wege gehen kann – den steilen Weinberg hinauf, neben dem Marterl eine halbe Stunde auf der Bank verweilen und gedankenlos ins Rheintal schauen, dann über Daixheim zurück nach Freynsheim zum Lawall, und dort die Tour mit einem Trollschoppen abrunden.

Kaum, dass sie das Château verlassen hatten, stieß Maria ihn mit dem Ellbogen an und räusperte sich bedeutungsvoll.

Der Mann, der auf der anderen Straßenseite aus dem Alfa stieg, war eine ziemlich auffällige Erscheinung – ein großer, dicht behaarter Kopf mit einer breiten, in der Mitte eingedellten Nase und Blumenkohlohren, wie man sie bei Ringern findet, die viel Zeit im Schwitzkasten verbracht haben. Sein wuchtiger Oberkörper wurde von kurzen, sichelförmigen Beinen getragen, die stakkatoartig vorwärts stürmten.

»Weißt schon, wer das war?«

Er blickte sie ratlos an.

»Sebastiani«, sprach sie und grinste.

Sie verließen das Dorf und gingen ein kurzes Stück auf dem Feldweg, um dann den Weg durch eine Reihe des steilen Wingerts einzuschlagen.

Obwohl er wusste, dass das, was man in einem Gesicht zu erkennen glaubt, so verlässlich ist wie das Horoskop in einer Illustrierten, musste er energisch dem Versuch widerstehen, sich ein Charakterbild aus Sebastianis Physiognomie zurecht zu zimmern.

»Bist wieder ganz schön in Form«, keuchte Maria.

»Soll ich langsamer …?«

»Bitte, ja.«

Als sie oben ankamen, nahmen sie auf der Bank vor dem Marterl Platz. Kein Wölkchen hing am Himmel, und die Luft flirrte vor Hitze. Eine fast unwirkliche Stille lag über der Landschaft. Die Sperlinge hatten sich ein neues Quartier gesucht oder sie hielten Siesta. In der Ferne verschwanden kaum hörbar zwei Jets am Horizont.

»So wie dieser Typ aussieht, wechseln Blinde die Straßenseite, wenn sie ihm begegnen«, brummte Pierre vor sich hin.

Lange saßen sie schweigend da.

»Hast schöne Aufnahmen gemacht?«

»Ich denke schon. Das Licht war toll.«

»Und jetzt bist du müde?«

»Ein bisschen«, erwiderte sie und legte ihren Kopf auf seine Schulter.

Nach einem langen Schweigen standen sie auf und liefen den Wirtschaftsweg bis zu dem Feldweg hinunter, der parallel an Daixheim vorbei nach Freynheim führte. Keiner sprach ein Wort.

Lawall, der merkte, dass Madame und Monsieur heute keinen sehr gesprächigen Eindruck machten, wies ihnen mit einem förmlichen »S'il vous plaît« einen Vierertisch zu.

»Zwei Piffchen Riesling, bitte.«

Mit einem stummen Nicken nahm er Marias Bestellung entgegen und eilte zum Tresen.

Der dicke Mann, der in der Ecke saß, zog die Serviette, die in seinen Hemdkragen gestopft war, heraus und drückte sie mit beiden Händen an die fettigen Lippen. Das leichte Zucken seines Brustkorbs war vermutlich ein unterdrückter Rülpser, vielleicht auch der Ansatz eines Schluckaufs. Wieder zuckte sein Brustkorb. Er erstarrte für einen Augenblick, als überlegte er, was zu tun sei, dann setzte er die halbvolle Weißweinschorle an und trank sie in langen Zügen aus. Ein alter Trick, den Schluckauf schon im Ansatz zu ersticken, wusste Burgstaller, der den dicken Mann die ganze Zeit über im Auge hatte. Irgendwann, vielleicht, wenn er im Ruhestand ist, wird er jeden Tag bei einem Schoppen Wein im Wirtshaus sitzen, die Leute beobachten und alles niederschreiben, was ihm niederschreibenswert erscheint. Wirtshausbeobachter – das wär's doch? Offizieller Wirtshausbeobachter der Vorderpfalz! Nur – was wird Maria dazu sagen?

»Wo bist du mit deinen Gedanken, chéri?«

»Ich dachte gerade ...«, nein, er hatte jetzt keine Lust, über seine Zukunftspläne zu sprechen. »Ich weiß es auch nicht.«

»Du bist mit den Nerven ...«

»Ach was!«

»Doch, doch. Komm trink noch ein Piffchen, das tut dir gut.«

»Muss nicht sein.«

»Du willst kein Piffchen mehr? Jetzt mach ich mir aber Sorgen.«

Er gab auf.

Maria winkte dem Wirt.

»Madame?«

»Für Monsieur noch ein Piffchen Riesling.«

»Sehr wohl, Madame.« Lawall war erleichtert, dass wenigstens Frau Burgstaller ihre Stimme wiedergefunden hatte. »Riesling«, sprach er vor sich hin und gab seiner treuen Seele hinterm Tresen, dem Hans, die Order: »Piffchen Riesling! Aber witt, witt!«

»Hör mal zu, Maria.«

»Jetzt hör du mir mal zu«, sprach sie in einem Ton, der keinen Widerspruch zuließ. »Mayer-Hambach geht doch davon aus, dass seine Frau dem Sehberg gesteckt hat, dass ihm anderthalb Millionen flöten gegangen sind bei der Finanzkrise, ja?«

»Und weiter?«

»Kannst du dir vorstellen«, fuhr sie bedächtig fort, »dass sie mit ihm unter einer Decke steckt?«

»Die Mayer-Hambach und Sehberg? Nichts ist unmöglich.«

»A votre santé, Monsieur.«

»Bist du eigentlich sicher«, sprach sie, nachdem Lawall gegangen war, »dass Mayer-Hambach koscher ist? Immerhin hat er dir vorgemacht, er sei mit dem Flugzeug gekommen.«

Natürlich hatte er sich diese Frage gestellt. Aber es war ihm kein Grund eingefallen, weshalb Mayer-Hambach ihm hätte was vormachen sollen.

»War nur so ein Gedanke«, sprach sie und schwieg.

Zurück im Château stellte Pierre das Radio an.

»... sprach Polizeipräsident Olbrich, der zur Zeit zu einem Vortrag in Hamburg weilt.« Das waren die letzten Worte des Berichts.

Sein Handy summte.

»Na, hast du ihn gehört?«, meldete sich Heinz.

»Leider nicht.«

»Das war eine Wahlkampfrede vom Feinsten, die der Alte abgeliefert hat. Jetzt weiß jeder – ohne ihn verkommt die Pfalz zu Sodom und Gomorrha. Sag mal, Pierre, wir sehen uns doch morgen zum Fest?«

»Natürlich. Maria scharrt schon mit den Hufen.«

elf

Maria war dabei, sich im Badezimmer die Haare einzudrehen, während Pierre auf dem Bett lag und die Zeitung las.

Die Hitze der letzten Tage hatte etwas nachgelassen. Eine leichte Brise zog durch die geöffneten Fenster. Würde man ihm das Polizeifest ersparen, es wäre ein Tag, wie er ihn sich nicht schöner wünschen könnte.

»Pierre?«

»Ja.«

»Was ziehst du an?«

»Was ich anziehe?«

»Was du anziehst?«

»Was soll ich schon anziehen?«

Unglaublich! Da bauen die in Worms eine millionenschwere Tiefgarage, die kein Mensch braucht ...! Ein Skandal! Man könnte glatt zum Taliban werden, wenn man über diese schamlose Verschwendung nachdenkt.

»Aber doch keine Jeans, oder?«

»Weshalb nicht?«

»Weil das ein Fest ist. Wie sähe ich denn aus neben dir!«

Millionen einfach in den Sand gesetzt.

»Willst du nicht eine anständige Hose anziehen?«

Und keiner will's wieder mal gewesen sein.

»Könntest doch mir zuliebe eine anständige Hose anziehen, chéri?«

Bad Bergzabern, Nürburgring! Dasselbe in Grün! Man möchte sich am liebsten das Hirn wegbeamen, wenn man das liest!

»Hörst du?«

»Was?«

»Mir zuliebe eine anständige Hose?«

»Ja, dir zuliebe.«

»Und bitte kein Polohemd, hörst du? Ein anständiges Hemd mit langen Ärmeln, ja?«

»Anständiges Hemd mit langen Ärmeln.«

»So, chéri.« Sie kam ins Schlafzimmer, wo er noch immer auf dem Bett lag. »Musst dich mal langsam erheben. In einer halben Stunde wollen wir fahren ... Jetzt guck nicht so! Das hätte dir früher einfallen können. Jetzt ist es zu spät.«

Er stand auf und verschwand ins Bad.

»Pierre? Anruf vom KDD!«

»Geh halt ran! Du siehst doch, dass ich unter der Dusche stehe.«

Als er aus dem Bad kam, hielt ihm Maria das Handy hin: »Sollst sofort den KDD anrufen.«

»Die sollen mich mal«, knurrte er und ging ins Schlafzimmer.

»Pierre! Sebastiani ist umgebracht worden.«

Er sah sie ungläubig an.

»Erschossen worden«, sprach sie und streckte ihm das Handy entgegen.

Langsam griff er danach und rief den Kriminaldauerdienst an.

Wortlos hörte er dem Kollegen zu.

»Ich veranlasse alles.«

Nackt, nur ein Handtuch über dem Haar, ging er wie in Trance in die Küche und stellte Kaffeewasser auf.

»Lass mich das machen, Pierre.«

»Mach du dich lieber mal fertig.«

»Ich komme auch später noch rechtzeitig hin. Jetzt sag schon, was passiert ist!«

»Die haben den vor einer Stunde in seiner Wohnung entdeckt.«

»Und wann ist es passiert?«

»Vermutlich letzte Nacht, meint die Mir-Ali, die Rechtsmedizinerin.«

Er rief Heinz Dressler an.

»Du bist auf dem neuesten Stand, Heinz? Nein? Sebastiani ist erschossen worden. In seiner Wohnung. Greif dir den Sehberg und schaff ihn zum Verhör nach Daixheim. Steffen soll an den Tatort fahren. Ich komme nach Daixheim. Bitte? ... Tut mir sehr leid für deine Gerda, aber ich war es nicht, der ihn umgebracht hat.«

Ich würde verrückt, wenn ich so einen Zickendraht zur Frau hätte, knurrte er vor sich hin.

Maria stellte eine Tasse Kaffee auf sein Nachttischschränkchen. »Was wirst du tun?«

Er zuckte mit den Schultern und nahm einen Schluck. Um ihr Hoffnung zu machen, zog er eine anständige Hose und ein anständiges Hemd an.

»Meinst du denn, dass du es schaffst?«

»Es ist ja erst kurz nach drei.«

Gerade setzte Dressler an, Sehberg über seine Rechte und Pflichten als Zeuge in Kenntnis zu setzen, als Burgstaller das Vernehmungszimmer betrat. Dressler saß auf Burgstallers Platz, ihm gegenüber Sehberg. Poschmann hatte an dem kleinen Schreibtisch zum Protokollieren Platz genommen.

Sehberg drehte sich um, als er hörte, dass die Tür geschlossen wurde. Er sah dünner aus als auf dem Foto, das Maria von ihm gemacht hatte. Seine Haut war grau, die scharf geschnittene Nase hatte etwas adlerhaftes. Sein auffallend großer Adamsapfel zuckte, als sich ihre Blicke kreuzten. Da er sich mit der Rechten durchs Haar fuhr, war anzunehmen, dass er Linkshänder war. Rechtshänder fahren sich mit der Linken durchs Haar, hatte Burgstaller oft beobachtet.

Er gab Dressler einen Wink, das Verhör zu beginnen, während er sich auf den Stuhl setzte, der hinter dem Rücken Sehbergs neben der Tür stand.

»Sie waren mit Herrn Sebastiani sehr eng befreundet?«

»Wir waren befreundet.«

»Sie machten gemeinsame Geschäfte?«, fuhr Dressler fort.

»Ein Immobilienprojekt. Aber sonst hatten wir geschäftlich nichts miteinander zu tun.«

»Der Architekt Boländer und der Bauunternehmer Petermann waren an dem Projekt beteiligt. Das wissen Sie?«

»Herr Sebastiani hat mir das gesagt.«

»Herr Sebastiani hat Ihnen das gesagt«, wiederholte Dressler mit gespielter Nachdenklichkeit. »Sie selber hatten da nichts mit zu tun?«

»Nein. Ich war ja nicht der Projektentwickler. Das war Herr Sebastiani.«

Plötzlich schoss Burgstaller ein Gedanke durch den Kopf, der ihn elektrisierte. Er winkte Dressler zu: »Bis später«

Im Vorraum nahm er sein Handy aus der Hosentasche und wählte.

»Hier Burgstaller ... Sie verstehen mich?«

»Ich verstehe Sie.«

»Sie haben mich hinters Licht geführt!«

»Wie kommen Sie darauf?«

»Damit Sie es wissen: Sebastiani ist umgebracht worden!«

Es folgte eine lange Pause.

»Fragen Sie!«

»Wer noch ist in die Sache involviert, außer Sehberg?«

Gespannt hörte er Mayer-Hambachs Ausführungen zu. Anschließend verließ er den Polizeiposten und rief Steffen an, der noch am Tatort war. Dann fuhr er los.

Kaum, dass er Daixheim hinter sich hatte, stockte der Verkehr. »*... zwischen Kallstadt und Kirchheim ein Stau wegen eines defekten Lkw. Wo immer Sie sind, kommen Sie gut nach Hause.*« Er stellte das Radio ab. Warum sollte Sehberg ihn umgebracht haben? Abgesehen davon: Mord ist ein ganz anderes Geschäft als vertrauensselige Ossis über den

Tisch ziehen. Durch lautes Hupen aufgeschreckt, bemerkte er, dass der Mercedes, an dessen Auspuff er die ganze Zeit über geklebt hatte, nicht mehr zu sehen war. Schnell trat er aufs Gaspedal.

Als er in die Bitzenstraße einbog, sah er schon von weitem die drei Männer, die neben dem Streifenwagen standen. Er parkte dahinter und ging auf Steffen und die beiden uniformierten Kollegen zu.

»Wir brauchen Sie nicht mehr. Vielen Dank.«

Die beiden Uniformierten tippten kurz an ihre Mützen und fuhren davon.

»Jetzt erzähl mal!«

»Sebastiani hat drei Schuss abbekommen, in die Brust. Wie es aussieht hat der Täter gleich, als er ins Vestibül kam, geschossen. Es ist aber nicht auszuschließen, dass er beim Verlassen des Hauses geschossen hat. Die Mir-Ali meinte, dass es mehr als zwölf Stunden ...«

»Ja, ja, das weiß ich.«

»Eine Beretta 92 lag draußen im Vorgarten, direkt am Wegrand. Der Täter hat sie in der Eile verloren, meinen die Spurenleute.«

»Glaube ich nicht!«

»Was glaubst du nicht?«

»Dass er die verloren hat!«

»Du meinst ...?«, erwiderte Steffen nachdenklich.

Gerade, als er in die Drehtür eintreten wollte, öffnete eine Angestellte die Seitentür, um die Bank zu verlassen. Noch bevor sie die Tür ins Schloss ziehen konnte, war Burgstaller mit zwei schnellen Schritten neben ihr. Erschrocken starrte sie auf seine Dienstmarke, die er ihr hinhielt.

Gefolgt von Steffen eilte er den langen Gang entlang, vorbei an Büros mit Milchglas in der Türfüllung, bis er vor einer massiv hölzernen Tür stehenblieb. Er klopfte und drückte die Klinke herunter.

Wie beim letzten Mal saß Köhler hinter seinem Schreibtisch mit dem Telefon am Ohr. Nur dass er dieses Mal das Gespräch sofort beendete: »Ich rufe nachher zurück.«

»Herr Köhler, wir möchten Sie zu einer Vernehmung abholen.«

»Was wollen Sie ...«, stammelte Köhler.

»Das besprechen wir später. Bitte kommen Sie mit.«

Leise öffnete Burgstaller das Vernehmungszimmer, in dem Dressler noch immer Sehberg verhörte.

»Ich sagte Ihnen doch, dass ich Herrn Sebastiani beraten habe. Beraten! Verstehen Sie? Selber investiert habe ich keinen müden Cent. Das wäre mir viel zu *joker* gewesen.«

»Sie wollen damit sagen: Alles, was auf dem Anderkonto lag, stammte von Sebastiani?«

»Zumindest nicht von mir.«

»Wenn nicht von Ihnen, dann von wem sonst noch?«, insistierte Dressler.

»Woher soll ich das wissen?«

»Sie sind also ahnungslos?«, grinste ihn Dressler spöttisch an.

»Herr Kommissar, ich bitte Sie: Welchen Grund sollte ich gehabt haben, Sebastiani umzubringen? Können Sie mir einen einzigen Grund nennen? Abgesehen davon kann ich mit einem wasserdichten Alibi aufwarten. Ich war nämlich von 21 Uhr bis 2 Uhr auf der Spielbank in Bad Dürkheim.«

»Und anschließend?«

»Anschließend war ich bei Frau Mayer-Hambach.«

»Wir werden das überprüfen. Sie können jetzt gehen. Aber halten Sie sich zur Verfügung.«

Poschmann druckte das Protokoll aus und legte es Sehberg zur Unterzeichnung vor. Einen zweiten Ausdruck gab er Burgstaller.

Nachdem Burgstaller das Protokoll gelesen hatte, holte er Steffen und den Zeugen.

Mit einem knappen Wink wies er Köhler an, auf dem Stuhl vor seinem Schreibtisch Platz zu nehmen. Steffen nahm Poschmanns Platz ein, während Dressler scheinbar unbeteiligt am Fenster stand und hinausblickte.

»Zur Sache, Herr Köhler! Im Zusammenhang mit dem Mord an Herrn Sebastiani,« er blickte kurz auf wie ein Zollbeamter, der sich versichert, dass die vor ihm sitzende Person mit dem Passfoto übereinstimmt, »vernehme ich Sie jetzt als Zeugen, und das heißt: Sie sind verpflichtet, die Wahrheit zu sagen, nichts als die Wahrheit. Sie dürfen auch nichts verschweigen. Andernfalls machen Sie sich strafbar. Sie müssen sich allerdings nicht selber belasten. Bei entsprechenden Fragen dürfen Sie die Aussage verweigern. Haben Sie mich verstanden?« Wie oft hatte er diese Sätze schon von sich gegeben ...? Würde man ihn nachts wecken, er könnte sie im gleichem Wortlaut und im gleichen Tonfall herunterbeten.

Köhler zeigte keine Regung. Nur sein bedächtiges Kopfnicken deutete an, dass die Botschaft angekommen war.

Poschmann stellte ein Tablett mit vier Tassen auf den großen Schreibtisch. Burgstaller warf ihm einen dankbaren Blick zu und goss Kaffee in die Tassen.

»Sie auch, Herr Köhler?«

»Ja, bitte.«

»Machen wir's kurz ...!«, begann er. Am liebsten hätte er gesagt: Jetzt gestehen Sie halt, Herr Köhler, meine Frau wartet doch auf mich! Als er weiterreden wollte, flüsterte ihm seine innere Stimme zu: Argumentiere rational, er ist ein Banker! Dann eben rational: »An jedem Tatort, Herr Köhler, hinterlässt der Täter Spuren, die wir heutzutage problemlos lesen können ... ein Haar, eine Hautschuppe, eine Kleiderfluse ... Nicht einmal die ausgebufftesten Ganoven können das vermeiden«, fuhr er fort, als würde er einem Polizeischüler eine Belehrung erteilen. Wo Maria sich doch so gefreut hat auf dieses gottverdammte Fest. Mit einemmal stand er auf und verließ den Raum.

»Herr Poschmann! Wenn eine Nachricht vom KDD kommt, geben Sie mir sofort Bescheid.«

»Gerade ist ein Anruf gekommen, dass man keine Spuren auf der Beretta gefunden hat.«

»Dachte ich mir!«, murmelte er vor sich hin und ging zurück ins Vernehmungszimmer.

»Es wäre halt einfacher, Herr Köhler«, setzte er an, »wenn Sie ...« Statt mit Worten schloss er den Satz mit einem freundlichen Lächeln ab. »Steffen, referiere doch bitte mal die Aussage von Herrn Sehberg. Weißt schon ...?« Er hätte es genauso gut selber vorlesen können, schließlich lag ja ein Abdruck des Protokolls vor ihm. Aber er wollte sich auf Köhlers Reaktion konzentrieren.

Nach wenigen Augenblicken hatte Steffen die Stelle gefunden: »Herr Köhler und ich waren gestern Abend um 20 Uhr bei Herrn Sebastiani verabredet. Sebastiani wollte mit uns über das La-Palma-Projekt sprechen. Pünktlich um 20 Uhr traf ich bei Sebastiani ein. Er teilte mir ziemlich verärgert mit, Herr Köhler habe zehn Minuten zuvor wegen eines dringenden Kundentermins telefonisch abgesagt.«

»Ist das korrekt, Herr Köhler?«

»Nicht ganz. Es handelte sich nicht um einen Kundentermin, sondern um eine Terminsache, die heute Morgen fertig sein musste.«

»Was war dann, als Sie Ihre Terminsache erledigt hatten?«

»Ich habe die Bank verlassen und bin nach Hause gefahren.«

»Das war ...?«

»Gegen halb zehn.«

»Zeugen?«

»Leider nein. Meine Frau war mit einer Freundin im Konzert.«

»Sie haben Sebastiani später nicht aufgesucht?«

»Nein.«

Burgstaller nahm einen Schluck Kaffee und widmete sich dem Protokoll, zumindest tat er so. In Wirklichkeit dachte er über sein weiteres Vorgehen nach.

»Lassen Sie uns kurz rekapitulieren.« Der Kommissar blätterte in seinem blauen Büchlein. »Über achteinhalb Millionen Euro sind von einem gewissen Giovanni Vincente auf das Notaranderkonto von Dr. Mayer-Hambach überwiesen worden. An dieser Summe war, laut Ihrer Aussage, Sehberg mit einem Ihnen nicht bekannten Anteil beteiligt. Ist das korrekt?«

»So hat mir das Sebastiani gesagt.«

»Einen weiteren Investor gibt es nach Ihrem Kenntnisstand nicht?«

»Nein.«

»Nun wissen wir aber, dass zuvor von Ihrer Bank 750 000 Euro an die Vatikanbank überwiesen wurde, und zwar an diesen Giovanni Vincente.« Während er sprach, behielt er Köhler scharf im Auge. »Es liegt nahe, dass diese 750 000 in die Endsumme eingeflossen sind, die kurze Zeit später auf das Notaranderkonto überwiesen wurde. Was sonst soll mit dem Geld geschehen sein?! Ergo: Dem Konsortium gehört eine dritte Person an. Oder sehen Sie das etwa anders?«

»Was soll ich dazu sagen?«, gab er von sich und wischte den Speichel, der sich in seinen Mundwinkeln gebildet hatte, mit der Kuppe seines linken Zeigefingers weg.

»Darf ich Ihnen noch einen Kaffee anbieten?«

»Nein danke. Wenn Sie eine Zigarette hätten?«

Dressler ging hinaus und kam umgehend mit einem angebrochenen Päckchen zurück. Er legte es mitsamt einer Schachtel Zündhölzer vor Köhler auf den Schreibtisch und stellte einen Unterteller dazu.

Köhler steckte sich eine an und sog den Rauch tief in die Lungen. Die innere Anspannung, die sich eben noch durch seinen kurzen Atem ausgedrückt hatte, schien sich zu lösen. Ist es die sedierende Wirkung des Nikotins, fragte sich Burgstaller, oder was sonst?

Die Tür öffnete sich und Poschmann winkte mit einem Zettel.

Burgstaller verließ sofort seinen Platz.

»Sebastiani hat laut KDD um 22 Uhr 28 das letzte Telefonat entgegengenommen. Danach keines mehr.«

Nachdenklich kehrte Burgstaller ins Vernehmungszimmer zurück. Seine innere Stimme hatte inzwischen die Meinung gewechselt. Sie flüsterte ihm zu: Komm zur Sache!

Als gäbe er die Lösung eines Rätsels bekannt, sprach der Kommissar jetzt ruhig und freundlich: »Wie Sie das gedeichselt haben, Herr Köhler« – *mir ist das scheißegal!* –, »das werden unsere Experten rauskriegen. Und wo Sie das Geld herhaben, auch das ist deren Problem. Vermutlich mussten ein paar Ihrer Kunden bluten. Wie auch immer ... wir wissen nur eins, und das genügt uns: Letzte Woche hat Ihnen Herr Dr. Mayer-Hambach 750 000 Euro in bar ausgehändigt.«

»Ist das so oder nicht?«, brüllte ihn jetzt Dressler an.

Jetzt kommt also die Guter Bulle, Böser Bulle-Nummer, dachte Steffen.

»Ich denke, Herr Köhler weiß selbst, dass er seine Lage nicht verbessert, wenn er Dinge, die offensichtlich sind, leugnet«, wiegelte Burgstaller ab.

»Na hoffentlich!«

Plötzlich sackte Köhler vornüber mit dem Kopf auf die Tischplatte.

Dressler stürzte auf ihn zu, um zu verhindern, dass er vom Stuhl fiel.

»Poschmann soll einen Arzt rufen!«, wies er Steffen an, der schon auf dem Weg nach draußen war.

»Nicht nötig«, sprach Köhler, kaum hörbar. »Es ist mein Kreislauf ... niedriger Blutdruck. Das war nicht das erste Mal. Es ist schon wieder alles in Ordnung.«

»Wir beenden hiermit das Verhör! Halte die Uhrzeit fest!«, wies Burgstaller Steffen an.

»Nein, nein«, unterbrach ihn Köhler mit fester Stimme. »Ich habe Sebastiani erschossen!«

Das kam mit einer Beiläufigkeit, als gäbe er zu, falsch geparkt zu haben. Die Ermittler sahen sich ungläubig an.

»Könnte ich etwas Zucker haben?«

Poschmann, der in der Tür stand und die Szene mitbekommen hatte, beeilte sich, Zucker zu holen.

Köhler gab mehrere gehäufte Löffel in den Kaffe und nahm einen Schluck zu sich. Dann fingerte er sich eine Zigarette aus dem Päckchen und zündete sie an. Fast gelassen wirkte er.

»Das Geld, das Sebastiani über die Vatikanbank überwiesen bekam«, sprach er ruhig und gefasst, »stammte angeblich aus den Geschäften seines Vaters. Anfangs hatte ich das geglaubt. Aber ...«, er nahm einen Schluck Kaffee zu sich, »aber bringt man so einfach Menschen um? Was konnten die denn schon wissen?« Er blickte den Kommissar an, als erwartete er dessen Bestätigung. »Ich bin mir sicher, dass da ein ganz anderer Grund dahintersteckt«, fuhr er fort und drückte die kaum angerauchte Zigarette aus. »Die Morde sind von Sebastiani beauftragt worden, das steht fest. Ich bin mir aber sicher, dass das auf höheren Befehl geschah.«

»Eine kühne Hypothese, die Sie da aufstellen.«

»Ich weiß das von Sehberg. Das sollte ein Zeichen für Mayer-Hambach sein.«

Und warum hat Sehberg dir das anvertraut, fragte sich Burgstaller.

»Ich weiß ja nicht einmal, wie viel von dem Geld tatsächlich Sebastiani gehörte. Ob das Geld überhaupt von seinem Vater stammte? Verstehen Sie? Warum wurde denn das Geld erst ein paar Jahre nach dessen Tod überwiesen?« Er sah den Kommissar fragend an.

»Wenn ich Sie richtig verstehe, sind Sie sich gar nicht sicher, ob Sebastiani überhaupt Geld ...«

»Vielleicht handelte er ja nur im Auftrag seines Clans, und ihm selber gehörte, wenn überhaupt, nur ein ganz geringer Teil davon.«

Erst nach einem mahnenden Blick Burgstallers fiel Steffen wieder ein, dass er zu protokollieren hatte.

»Ihre Vermutung, Herr Kommissar, dass die 750 000 von meinen Kunden stammen, trifft zu. Warum ich diese Dummheit gemacht habe, ich kann mich heute selbst nicht mehr verstehen. Aber ich habe, als ich letzte Woche von Dr. Mayer-Hambach das Geld zurückbekommen habe, alles wieder in Ordnung gebracht ... wenn Sie so wollen ... ungeschehen gemacht.«

»Sie wussten doch, dass Mayer-Hambach mit dem Geld verschwinden würde, dass also auch Ihr Geld ...«

»Nein, das habe ich nicht gewusst. Ich habe Herrn Mayer-Hambach geglaubt, dass das Geld den Umweg über Nassau gehen müsse, eben weil es sich um schmutziges Geld handelte.«

»Wusste er denn, dass auch Ihr Geld dabei war?«

»Das wusste er. Ich hatte ihm etwas von einer Erbschaft erzählt.«

»Sie wurden nicht misstrauisch?«

»Weshalb sollte ich ihm misstrauen? Ich hatte schon mit seinem Vater ein vertrauensvolles Verhältnis. Schon um dessen Geldgeschäfte habe ich mich gekümmert.«

»Und wie erklären Sie sich, dass er Ihnen das Geld zurückgegeben hat?«

»Ich hatte seiner Schwester, Frau Munzing, gestanden, woher das Geld stammte. Er musste damit rechnen, dass die Sache auffliegt, und mich das meine Existenz kostet.«

In jedem Fall musste der kluge Notar damit rechnen, dass die Ermittlungsbehörde hinter ihm her sein würde, wenn die betrogenen Bankkunden Strafanzeige gegen Köhler stellen.

»Nur erklärt das immer noch nicht, weshalb Sie Sebastiani erschossen haben?«

»Notwehr!« Köhler zog so heftig an seiner Zigarette, dass die Glut rot aufleuchtete.

»Notwehr? Ich bitte Sie, Herr Köhler ...!« Der Kommissar schüttelte ungläubig den Kopf. »Der Tatbestand der Notwehr würde voraussetzen, dass Sie bedroht worden sind. Bei Sebastiani ist aber keine Waffe gefunden worden.«

»Haben Sie Sebastiani gekannt? Anscheinend nicht. Der hätte doch Kleinholz aus mir gemacht.«

»Und weshalb?«

»Sebastiani hat mir gedroht, ich sei der Nächste, falls ich nicht alles unternähme, um Mayer-Hambach ausfindig zu machen. Anscheinend hatte er die fixe Idee, ich könnte wissen, wo er sich aufhält.«

»Das hat er Ihnen gesagt?«

»Nicht direkt. Sehberg hat mir das berichtet. Sebastiani wäre am Durchdrehen, völlig unberechenbar, hat Sehberg gesagt.«

»Und dennoch sind Sie ...«

»Ich hätte mich doch nicht verstecken können! Ich wollte mit ihm darüber reden.«

»Und da nehmen Sie eine Pistole mit?«

»Schauen Sie mich an.« Er fuhr mit beiden Händen von oben nach unten seinen Körper entlang, als wollte er ein Gewand glätten. »Und dann sehen Sie sich Sebastiani an.«

»Jetzt beschreiben Sie mal, wie es dazu kam.«

»Er hatte kaum die Tür geschlossen, als er mir mit der Faust vor die Brust schlug, dass es mich gegen die Wand gehauen hat. Weißt du, in welche Lage du mich gebracht hast, zischte er mich an? Weißt du das? Und dann kam eine Kanonade von Schimpfwörtern. Dann schlug er mir noch eine vor die Brust. Ich kann Ihnen die blauen Flecken zeigen ... Ich wusste, dass ich hier nicht lebend rauskommen würde.« Seine Stimme zitterte, als er weiter sprach: »Ich zog die Pistole und ...«

»Wo hatten Sie die?«

»Im Achselholster.«

»Wie kamen Sie überhaupt zu der Waffe?«

»Die habe ich schon viele Jahre. Seit mein Vorgänger überfallen wurde, habe ich abends nie ohne Waffe die Bank verlassen.«

»Weiter.«

»Das wagst du nicht, brüllte er mich an und ging einen Schritt auf mich zu. Und dann ...« Die Stimme versagte ihm. Er nahm einen Schluck Kaffee und fuhr fort: »Und dann muss ich geschossen haben. Ich kann mich an diesen Moment nicht mehr erinnern. Erst als ich ihn da liegen sah und das Blut aus seiner Brust floss, wusste ich ...« Wieder versagte ihm die Stimme.

»Bevor Sie rausgingen haben Sie die Waffe von Fingerabdrücken gereinigt und im Vorgarten fallen gelassen?«

»Ich kann mich nicht daran erinnern.«

Keiner sprach ein Wort. Burgstaller hätte erleichtert sein müssen, aber nichts dergleichen kam in ihm auf. Es war eine innere Leere, die er verspürte, als stünde die Zeit still. Köhlers Geständnis war zu schnell und unerwartet über ihn gekommen.

»Heinz, sag dem Staatsanwalt Bescheid.«

Dressler nickte und ging hinaus.

»Wir werden Sie dem Haftrichter vorführen.«

Eine Viertel Stunde später kamen zwei Beamte und führten Köhler ab.

Die Ermittler verließen den Posten und machten sich auf den Weg zum Polizeifest. Burgstaller ließ sich von Dressler mitnehmen.

Schweigend starrten sie vor sich hin, bis Dressler meinte: »Sehberg hat ihn in die Falle gelockt, oder?«

»Wer sonst? Ist aber nicht unser Problem. Wir werden Sehberg nicht einmal nachweisen können, dass er an dem Geschäft beteiligt war.«

Rauchschwaden zogen vom Innenhof über das Dach auf die Straße, begleitet vom Geruch gerösteten Fleischs. Eine Rockgruppe produzierte Schallemissionen, die den Tatbestand des ruhestörenden Lärms übererfüllten. Aber wer wagt es schon, eine Anzeige zu erstatten, wenn die Polizei ihr Jahresfest feiert?

»Sie sind aber spät dran«, wurden sie vom Hausmeister begrüßt, der heute den Türsteher gab.

»Wir mussten noch schnell einen Killer dingfest machen«, erwiderte Burgstaller, um schon mal zu üben für das heitere Fest.

»Einen Killer dingfest machen – klasse«, lachte der Hausmeister.

»Ach, sehen Sie, mein Mann«, rief Maria.

»Na schön, dass Sie es doch noch geschafft haben, Herr Burgstaller. Ihre Gattin hat mir gerade berichtet, dass Sie …«

»Kann ich Sie kurz sprechen, Herr Präsident?«

»Es gibt was Neues?«

Burgstaller nickte nur.

»Entschuldigen Sie, Frau Burgstaller. Dienst geht vor.« Und schon eilte er in Richtung seines Büros, gefolgt von Burgstaller.

»Schießen Sie los!«

Gespannt hörte der Präsident ihm zu.

»Großartig, Herr Kollege! Großartig! Haben wir den Ganoven doch wieder einmal gezeigt, dass wir sie letztlich alle ... alle ...«

»... am Arsch packen«, entfleuchte es Burgstaller.

»Manchmal sind Sie so wunderbar direkt, Herr Kollege«, freute sich der Präsident. »Ich werde jetzt«, fuhr er in einem gequälten Ton fort, »wohl oder übel die Presse informieren ... müssen.«

»Es wird Ihnen nichts anderes übrig bleiben«, sprach Burgstaller teilnahmsvoll. »Sie entschuldigen mich, Herr Präsident ...?«

»Aber natürlich. Ihre Frau wartet auf Sie.«

Als er zurückkam, reichte Maria ihm eine Schorle, die er in einem Zug austrank. Was hab ich's doch gut, dachte er, als er Heinz neben seiner Gerda sitzen sah. Heinz hielt den Schoppen in der Hand und nippte daran, als handelte es sich um einen hochprozentigen Brandy, dabei hatte er ansonsten einen respektablen Zug am Leib. Sie blickt aber auch dermaßen feindselig auf sein Glas, dass sogar dem unbeteiligten Betrachter der Durst vergeht.

»Steffen hat mir alles erzählt. Was hast du mit Sehberg vor?«

»Wenn ich das wüsste ...?«

»Die werden es doch nicht hinnehmen, dass der ungeschoren davonkommt, oder?«

»Vermutlich.«

»Glaubst du, der Köhler kommt mit Notwehr durch?«

»Wer soll ihm das Gegenteil beweisen? Es klingt schlüssig, was er gesagt hat.«

»Wollen wir gehen?«, fragte sie unvermittelt.

»Aber nein doch«, erwiderte er entrüstet. »Ich bin doch eben erst gekommen!«

»Mach keine Sprüche! Alla hopp, wir trinken zuhause noch eines der feinen Fläschchen, die der Herr Präsident uns spendiert hat.«

»Na gut, wenn du darauf bestehst ...?«

»Komm, lass uns nen französischen Abgang machen.«

zwölf

Seit Tagen war es die erste Nacht, in der er tief und fest acht Stunden an einem Stück geschlafen hatte.

In der Küche sang Paolo Conte.

»Pierre!« Maria kam ins Schlafzimmer und hielt ihm das Handy hin. »KDD.«

Die Kollegin berichtete ihm, dass gegen sieben Uhr zwischen Herxheim am Berg und Kallstadt ein Pkw explodiert und in Flammen aufgegangen war.

»Der Fahrer ist ums Leben gekommen. Verbrannt. Die Spurensicherung ist dabei, ihn zu identifizieren. Zugelassen ist das Fahrzeug auf Michael Sehberg, wohnhaft ...«

»Ich melde mich später«, unterbrach er sie, nicht sonderlich überrascht von der Nachricht.

»Sehbergs Auto ist explodiert«, informierte er Maria.

Beide sahen sich nachdenklich an.

»Nur Mayer-Hambach ist davongekommen.«

»Er hat wenigstens was Anständiges aus den Millionen gemacht.«

»Nur der Fiskus geht leer aus«, gab Pierre zu bedenken.

»Na und? Vielleicht hätten unsere Politiker es in eine neue Erlebniswelt gesteckt?«

»Oder in ein Vier-Sterne-Plus-Hotel?«

»Oder in eine Tiefgarage?«

»Oder in eine Monsterbrücke?«
»Oder in eine Straßenbahntrasse?«
»Oder ...«
»Schluss jetzt! Der Kaffee ist fertig.«

ENDE

Glossar

à la bonne heure! Alle Achtung! So ist es recht!

Atzel Perücke

Bärenführer im Polizeijargon ein erfahrener Beamter, der den noch unerfahrenen Abgänger der Polizeischule betreut

Betze ehemals Betzenbergstadion, heute Fritz-Walter-Stadion. Spielstätte des 1. FC Kaiserslautern

blott bankrott; mittellos

Bockrum steht im Pfälzischen für den Weinort Bockenheim

Brulljesmacher Angeber

Butze eine Ansammlung dunkler Wolken, die der Erfahrung nach ein Gewitter ankündigen

Chaiselounge im 18. Jahrhundert in Frankreich entstanden: langer gepolsterter Stuhl, auch Römersofa genannt

Chapeau! Respekt!

Château frz. Schloss

Dubbeglas (auch Dubbeschoppe) ein außen mit runden Vertiefungen versehenes Glas, das einen halben Liter fasst

Duddswidd frz. toute de suite: schnell

eebsch Seit so wird auf beiden Seiten des Rheins jeweils die andere, die falsche oder schlechte Seite bezeichnet

Elwedritsche »mit dem kann man Elwedritsche fangen«; meint, dass jemand sehr naiv ist, weil er nicht durchschaut, dass es sich dabei um Pfälzer Fabelwesen handelt

ff Backwaren feinste Backwaren

Fritz in der Pfalz ist mit Fritz, wenn von Fußball gesprochen wird, immer die Fußballlegende Fritz Walter (1920–2002) gemeint. Wenn der 1. FC Kaiserslautern an einem Regentag spielt, sagen alte Pfälzer noch heute: Dem Fritz sein Wetter! Das rührt daher, dass der große Techniker besonders bei rutschnassem Boden sein überragendes Können zur Geltung bringen konnte.

Gebreedelde Bratkartoffel

Guter Bulle, Böser Bulle Der eine Polizist gibt den Sympathischen, der andere den Bösartigen. Darunter versteht man eine psychologische Taktik, die von Polizeibeamten beim Verhör genutzt wird. Die Technik ist aus den USA bekannt und zum Filmklischee geworden.

Grumbeere Kartoffeln

Hartzer Hartz IV-Empfänger

Hautevolee ironisch für die bessere Gesellschaft

Hettrum steht im Pfälzischen für das Dorf Hettenleidelheim

Kasore kleine Gebrechen, die sich mit zunehmendem Alter einstellen

Leck mich am Arsch! ein in der Pfalz häufig zu hörender Ausruf des Überraschtseins und der Hochachtung für ein nicht erwartetes Ereignis oder Ergebnis, auch Ausdruck des Entzückens

machulle bankrott

Mengenkes Ausflüchte, Gerede

nebbisch aus dem Jiddischen: unbedeutend, unwichtig

Obermaschores einer, der was zu sagen hat. Auch als Spottwort gebräuchlich im Sinne von Wichtigtuer.

Piffche(n) kleines Glas Wein mit der Menge von ⅛ Liter

Raddegaggel miserabler Wein

Saumagen klassisches Pfälzer Gericht. Der Magen stammt vom Schwein und dient als Hülle für die Füllung, vergleichbar der Darmhülle für die Wurst.

Schnorres Schnurrbart

Schuldebuckel einer, der anderen Leuten Geld schuldet

Spundekäs ursprünglich aus Rheinhessen: eine Zubereitung aus Frischkäse und Quark

Straußwirtschaft ein von Winzern saisonal betriebener Gastbetrieb, in dem selbsterzeugter Wein ausgeschenkt wird, dazu werden einfache Gerichte angeboten

Trollschoppen
1. ein Schoppen, ½ Liter, der gemeinsam getrunken wird, also durch die Runde trollt
2. der letzte Schoppen, bevor man sich nach Hause trollt

vergrotzen die Haare verhunzen, verunstalten

witt witt frz. toute de suite: schnell, schnell!, Beeilung!

BURGSTALLERS 1. FALL

Bruno Paulot
Eine groteske Liaison

»Bruno Paulot zeichnet in seinem ersten Krimi ›Eine groteske Liaison‹ ein Bild der Pfalz, das wahre Urlaubsgefühle vermittelt. (…) In den 19 flüssig zu lesenden Kapiteln lässt Paulot von Anfang an klare Bilder von der durch Weinberge geprägten Landschaft und den handelnden Personen entstehen. [...] Das Fazit: Ein schöner Mord zum Feierabendpiffchen.«

Mannheimer Morgen

288 Seiten, 12,5 x 19 cm, broschiert

ISBN 978-3-7650-8595-6

BÜCHER FÜR DIE PFALZ

Michael Martin
Pfalz und Frankreich – Vom Krieg zum Frieden

Michael Martin, Stadtarchivar von Landau, erzählt die Geschichte der Pfalz im Licht ihrer Beziehungen zu Frankreich. Er hat dazu viele Quellen aus unterschiedlichen Archiven herangezogen und so erstmals für eine breite Öffentlichkeit zugänglich gemacht.

»Souverän und leicht geschrieben, zeigt dies kundige Kompendium, wie aus Heimatkunde Weltgeschichte wird.«

Die Zeit

208 Seiten, 39 s/w-Abbildungen, 15 x 21 cm, gebunden
ISBN 978-3-7650-8378-5

Stefan Schaupp
Zwischen Wirtschaftswunder und Ölkrise
Die Pfalz von 1960 bis 1975

Auf ganz besondere Weise dokumentieren Zeitungsfotos aus den 1960er und 70er Jahren das damalige Leben in der Pfalz und den (noch) ungebrochenen Fortschrittsglauben. 156 Bilder vermitteln ein spannendes und abwechslungsreiches Zeit-Bild. Autos, die heute Oldtimer sind, Fußballspieler ohne Trikotwerbung oder modische Trends, die längst Vergangenheit darstellen, vermitteln einen Hauch von Nostalgie.
Stefan Schaupp hat viele Stadt- und Gemeindearchive durchforstet und so einen repräsentativen Querschnitt erarbeitet. Auf eindringliche Weise wird dem Betrachter vor Augen geführt, wie rasant sich doch die Welt – auch im kleinen – in nur 30 Jahren geändert hat.

168 Seiten, 156 s/w-Abbildungen, 21 x 20 cm, gebunden
ISBN 978-3-7650-8366-2

BÜCHER FÜR DIE PFALZ

Weitere lesenswerte Bücher aus der Reihe »Regionalgeschichte – fundiert und kompakt«

Günther Volz: Kleine Geschichte der Stadt Bergzabern
280 Seiten, 62 s/w-Abbildungen, 1 Karte, 12,5 x 19 cm
gebunden, ISBN 978-3-7650-8396-9

Jürgen Keddigkeit: Kleine Geschichte der Stadt Kaiserslautern
208 Seiten, 40 s/w-Abbildungen, 6 Karten, 12,5 x 19 cm
gebunden, ISBN 978-3-7650-8355-6

Armin Kohnle: Kleine Geschichte der Kurpfalz
208 Seiten, 26 s/w-Abbildungen, 6 Karten, 5 Stammtafeln
12,5 x 19 cm, gebunden, ISBN 978-3-7650-8329-7

Michael Martin: Kleine Geschichte der Stadt Landau
208 Seiten, 43 s/w-Abbildungen, 12,5 x 19 cm, gebunden
ISBN 978-3-7650-8340-2

Pirmin Spieß: Kleine Geschichte der Stadt Neustadt an der Weinstraße
208 Seiten, 45 s/w-Abbildungen, 6 Karten, 12,5 x 19 cm
gebunden, ISBN 978-3-7650-8514-7

Hans Ammerich: Kleine Geschichte der Stadt Speyer
208 Seiten, 50 s/w-Abbildungen, 2 Karten, 12,5 x 19 cm
gebunden, ISBN 978-3-7650-8367-9

Helmut Seebach: Kleine Geschichte des Trifels und der Stadt Annweiler
192 Seiten, 51 s/w-Abbildungen, 12,5 x 19 cm
gebunden, ISBN 978-3-7650-8538-3

Spundekäs à la Lawall

ursprünglich rheinhessische Spezialität, inzwischen von der Pfalz adoptiert

Zutaten für 4 Portionen

400 g Frischkäse
30 g Butter
5–6 TL Sahne oder Kondensmilch
1 Eigelb
1–2 große Zwiebeln
2 TL edelsüßes Paprikapulver
Pfeffer, Salz

Zwiebel sehr fein hacken und in ein Schälchen geben, damit sich jeder nach eigenem Gusto nehmen kann. Die restlichen Zutaten gut durchmengen. (Wenn ein Gast überraschend dazukommt, mit Quark verlängern.) Dazu Pellkartoffeln oder Salzbrezeln oder kräftiges Bauernbrot.

Besuchen Sie uns im Internet:
www.gbraun-buchverlag.de

G.BRAUN BUCHVERLAG in Karlsruhe seit 1813
Karlsruhe
www.gbraun-buchverlag.de

Umschlagfoto (Flugzeug): Michael Wielan
Titelgestaltung: nordisk-buero.com
Satz: Andrea Faucheux, G. Braun Buchverlag
Druck: CPI books GmbH, Ulm

ISBN 978-3-7650-8603-8